一億年ボタンを連打した俺は、
Ichiokunen Button wo Renda
shita Oreha,Saikyo ni natteita
気付いたら最強になっていた
3
JN043507

「ちょっとお父さん、アレンの話をちゃんと聞いてよ！」
リア＝ヴェステリア
ヴェステリア王国の王女で、アレンの同級生。彼との関係をクロードに知られてしまう。実力者だが少々ポンコツ。
「ぐ、グリス陛下、大きな勘違いがありまして――」
アレン＝ロードル
一億年ボタンによって、極限の剣術を身に付けた少年。リアとの関係が発覚し、急遽ヴェステリア王国に呼びつけられる。

「ついてこい、ドブ虫」
「き・さ・まが、アレン＝ロードルかぁ!?」
クロード＝ストロガノフ
ヴェステリア王国の親衛隊隊長。リアの世話係として幼少期から彼女を見守ってきた。剣士としての実力は本物。
グリス＝ヴェステリア
ヴェステリア王国の国王にしてリアの父親。リアを溺愛しており、娘をたらし込んだ者としてアレンを嫌う。

「アレンは、どんなお願いをしたの？」
シィ＝アークストリア
千刃学院の生徒会長。生徒からの人望は厚いが、何かとワガママを言ってアレンを振り回す。

「今日はせっかくのお休み！
丸々一日遊び回りましょう！」
「お前が私以外の誰かに
負けるのは……嫌だ」
ローズ＝バレンシア
『桜華一刀流』の使い手。剣王祭の出場枠を懸けて、アレンと『一年戦争』の舞台で再び相まみえる。

「力を……寄こせ……っ！」

突如目の前に出現した黒剣。

恐る恐るそれを右手で掴んだその瞬間、

「……っ!?」

本能的に理解した。

これが、今俺のいる段階(ステージ)を
大きく越えた力であることを。

「ざははは……！
素晴らしい、
なんという輝きだ！」
ザク＝ボンバール
国際指名手配される賞金首の男。全てを焼き尽くす魂装＜劫火の磔(ブレイズ・クロス)＞を用いる。リアを狙っているようだが——？

CONTENTS

一億年ボタンを連打した俺は、気付いたら最強になっていた3
～落第剣士の学院無双～

月島秀一

ファンタジア文庫

2941

口絵・本文イラスト　もきゅ

一億年ボタンを連打した俺は、
Ichiokunen Button wo Renda shita Oreha,Saikyo ni natteita
気付いたら最強になっていた
～落第剣士の学院無双～
3

一：ヴェステリア国王と親衛隊隊長

リアの父——ヴェステリア王国の国王から呼び出しを受けた俺たちは、急いで旅の支度を整えた。そうして手紙に記されてあった千刃学院の校庭へ向かうと、そこでは既に大きな王室専用機が待機していた。

（……会長のプライベートジェットより一回り大きいな）

さすがは王室専用機、個人の所有するものとは規模が違う。

飛行機の前には黒い礼装を身に纏った五人の集団がいて、リアの姿を見るなり一斉に頭を下げた。

集団の先頭に立つ一人の女性は、ゆっくりと頭を上げて口を開く。

「——お待ちしておりました、リア様、ドブ虫様。離陸準備は整っております、どうぞ中へ」

ドブ虫様、か……。

（申し訳程度に敬称はついているけれど……）

全く歓迎されていないと一瞬でわかる、とてもいい挨拶だった。

「ねぇ、そんな失礼なことを言い続けるつもりなら……私、行かないわよ？」

あからさまに機嫌を損ねたリアは、鋭い目付きで女性を睨み付けた。

「……申し訳ございません。リア様と…………アレン様、どうぞこちらへ」

ずいぶんと長い沈黙の後、彼女はちゃんと俺の名を呼んだ。

「ふんっ。――行こ、アレン」

「あ、あぁ」

そうして俺はリアに手を引かれながら、飛行機へ乗り込んだ。

■

千刃学院からヴェステリア王国への移動中、リアはヴェステリアの観光名所をたくさん教えてくれた。

どんな願いでも叶うと言われる希望の丘。

歴史的価値のある様々な美術品・骨董品・遺物を展示した国立ヴェステリア博物館。

剣士が己の技を競い合い、毎日毎日凄まじい戦いが展開される大闘技場。

やはり自国のことは、誇らしく思っているのだろう。

ヴェステリアの話をするリアは、とても楽しそうだった。

「お父さんとの話し合いが終わったら、絶対一緒に観光しようね！」

「あぁ、そうしよう」

　二人でそんな約束を交わしていると、飛行機は徐々に高度を落とし、ゆっくり地面に降り立った。

「――ヴェステリアが首都アーロンドに到着致しました。お二人ともどうぞこちらへ」

　そうして飛行機から降り、空港を出た俺は大きな衝撃を受けた。

　空気が・においが・人が、全てが違うのだ。

　異国だから当然と言えば当然のことかもしれない。しかし、初めて国を離れ、海を渡った俺には、その衝撃はとても大きいものだった。

　そうして空港から出たところで、黒い礼服を着た女性は口を開く。

「リア様。国王陛下との会談は、午後八時を予定しております。まだ一時間半ほどお時間がございますので、ご夕食は――」

「――アレンと一緒に食べるから、大丈夫。二人にしてちょうだい」

「……かしこまりました」

　彼女は不承不承といった風に頷いた。

　どうやら、俺とリアが一緒に行動することを快く思っていないようだ。

「では、我々はここで失礼いたします。念のため、もう一度――陛下との会談は、午後八時を予定しております。どうかお忘れなきよう、お願い申し上げます」

「わかってるわよ。さすがに、ここまで来てすっぽかしたりしないわ」

「いえ、そういう意味ではなく……。リア様は昔から少々おっちょこちょいなので、きちんと時計を見て行動していただければなと……」

「ぜ、全然おっちょこちょいじゃないから！　もう！　ほら、早く行ってよ！」

「――かしこまりました。どうかお気を付けて」

そうして礼服の集団と別れた俺たちは、雑踏に紛れるようにして大通りを進んだ。

「全くもう……っ。ポンコツだとか、おっちょこちょいだとか……ちょっとひどいよね!?」

「あ、あはは、そうだな……」

リアはちょっとポンコツなところがあるし、おっちょこちょいだ。それはここ数か月にわたり、同じ部屋で生活した俺がよく知っている。

だけど、さすがに面と向かってそんなことを言うわけにもいかないので……笑って誤魔化すことにした。

それから俺は、今歩いている大通りに視線を移す。

（リーンガード皇国の都オーレストとは違って、大きなお店はあまりないな……）

その代わり、小さな露店が所狭しと並んでいる。店の総数は圧倒的にこちらの方が多いだろう。

(それにもう六時も回っているのに……凄い数の人だ)

腰に剣を差した剣士、買い物袋を持った女性、酒瓶を片手に鼻歌まじりに歩いている男性――様々な人が明るい表情を浮かべ、通りを活発に行き来していた。その活気ぶりは、商人の街ドレスティアと同じぐらいだろう。

そんな風に俺がキョロキョロと通りを見回していると、

「ねぇ、アレン。あんまり時間もないし、早く晩ごはんを食べましょう？」

リアはトントンと俺の肩を叩き、コテンと小首を傾げた。

「あぁ、そうだな」

時刻は夜の六時半。そろそろお腹が空いてくる頃だ。

「アレンは何か食べたいものとかある？」

「うーん、そうだな。強いて言うなら……お肉系かな」

「あっ、それならおススメの店があるわ！　私が小さい頃から通い詰めているお気に入りのところなの！」

「へぇ、それじゃそこにしようかな」

「うん！　こっちよ、ついてきて！」

　そうしてリアの後について行くと、とても記憶に残っているあの料理屋さんの前に到着した。

「こ、これは……っ」

「ふふっ、驚いた？　本場のラムザック店よ！」

　ラムザックは、ヴェステリアの伝統料理。ギリギリ一口サイズの三角形のパイ生地に、牛肉たっぷりのビーフシチューを詰め込んだものだ。

（ラムザックは確かにおいしい。それに牛肉がたっぷり入っているから、俺の要望ともマッチしているが……）

　問題はその量だ。以前リアとローズとこれを食べに行ったときは、あまりの物量を前に白旗をあげた。

（ど、どうする……断るか？）

　俺がそんなことを考えていると、

「ここのお店は一家でやっていて、とっっってもおいしいのよ！　パイ生地がもうサックサクで、中に入ったビーフシチューのコクがもの凄くて！　それでそれで、お肉も口の中で溶けちゃうほど柔らかいの！」

　本場のラムザックを前に興奮したリアは、目を輝かせて熱く語った。

「そ、そうか……。それは楽しみだな」

ここまで嬉しそうな彼女に向かって「悪いけど、別の店にしないか？」と言えるわけもない。俺は少し引きつった笑顔のまま、コクリと頷いた。

（……いざとなれば、俺の分を食べてもらえばいいか）

あまり無理をするのはよくない。これは前回の食事で学んだことだ。苦しくなったら、残りは全て彼女にプレゼントするとしよう。

「さっ、入りましょう」

「あぁ」

そうして俺たちが店に入ると、

「はいはい、いらっしゃいま……って、あらまっ⁉　リア様じゃないか！　いつこっちに帰って来たんだい？」

背の低い老齢の店員さんが、リアのもとへ駆け寄ってきた。

「ラムお婆さん、お久しぶりです！　ちょっといろいろ事情があって少しの間だけ、帰って来てるんですよ」

「おぉ、そうかいそうかい！　元気そうで何よりだよ！　ところで……これまたかっこいいのを連れているじゃないか。もしかして……彼氏さんかい？」

「え、えっと……っ。そ、それは、その……？」

リアは途端に歯切れが悪くなり、チラリと俺の顔を見上げた。

どうやらこの手の質問には、自分から答えたくないらしい。

（そういえば、いつかポーラさんが言ってたっけか……）

『いいかい、アレン？　女の子は繊細な生き物なんだ。だからもし女の子が困っているときは、男のあんたが気を遣って助けてあげるんだよ！』

リアは年頃の女の子。そして今、質問にどう答えるべきか困っている。

ここは男の俺が気を遣って、彼女の代わりに答えてあげるべきだろう。

「あはは。ただの友達ですよ、友達」

そうして軽く質問に答えると、

「……そっか。……まだ『友達』みたいです」

何故かがっくりと肩を落としたリアは、大きなため息をついた。

「ふふっ、そうかいそうかい！　いやぁ、甘酸っぱいねぇ……。ちょっとあたしも若くなった気がするよ！」

反対に何故か元気になったラムお婆さんは、楽しそうに笑う。

「さて、注文はいつものやつでいいかい？」

「あっはい、特盛ラムザック二つお願いします」

「あいよ、それじゃお好きな席にどうぞ！」

その後、俺とリアは本場のラムザックに舌鼓を打ったのだった。

■

それから、お腹いっぱいラムザックを食べた俺たちは、会計を済ませて店を後にした。

「んーっ！　おいしかったね、アレン！」

「あぁ、やっぱり本場は違うな。オーレストで食べたのよりも、ずっとおいしかったよ」

「でも、あまり食べてなかったけど……大丈夫？」

「あ、あぁ！　ちょっと最近、体を絞っているんだ！」

そう。今回俺は無茶をしなかった。ちょうど五個食べ切ったところで――腹八分目になったので、残りの十五個は全てリアにプレゼントした。

（それにしても、やっぱりリアの大食いっぷりは凄まじいな……）

合計三十五個のラムザックを完食する姿は、もはや神々しさすらあった。

（さて、ここからが本番だな……）

ラムザックは所詮、偶発的に起こった前哨戦に過ぎない。

これからリアの父――ヴェステリア国王に話をつけるという『本戦』が始まるのだ。

「リア、わかっているな？　もし『奴隷になったのか？』と聞かれたら、絶対に『いいえ』と答えるんだぞ？」

「大丈夫よ、今回はちゃんとそう答えるわ！」

「よし、それじゃ案内を頼めるか？」

「ええ、こっちよ。ついてきて」

それからリアの案内を受けて、右へ左へと道を進んでいけば――見上げるほど大きな城に到着した。そこには飛行機で一緒に移動した五人の姿があった。

「――お待ちしておりました、リア様、ドブ……………アレン様」

ドブ虫と言いかけた彼女は、長い長い沈黙の後、苦々しい表情で俺の名を呼んだ。

「国王陛下がお待ちです。どうぞこちらへ」

鋭い目付きでこちらを睨み付ける衛兵の横を通り抜け、王城の中へ入っていく。

（ふぅ、さすがに緊張するな……）

一国の王様との会談。どう考えても一学生には荷が重た過ぎる案件だ。

（ほんの数か月前までは、田舎の剣術学院の落ちこぼれだったのになぁ……）

いったい何がどうなって、こうなってしまったんだろうか。

（話し合いは得意じゃないけど、やるだけやってみよう）

俺は最近癖になってしまったため息をつきながら、王城の中を進んでいくのだった。

■

ヴェステリア王国が首都アーロンド。その中央にそびえ立つヴェステリア城を、俺たちは礼服の集団に案内されながら進んでいく。

（す、凄いな……）

城内には歴史を感じさせる立派な塑像、豪華なシャンデリア、名画らしき独特な絵などが飾ってあり、俺がこれまで過ごしてきた田舎とは全く異なる世界だった。

「三か月しか経ってないけど、なんだかちょっと懐かしいなぁ……」

横幅の広い廊下を歩きながら、リアはポツリとそんな感想を漏らした。

「そうか、リアにとってはここが実家なんだよな」

ずっと一緒に居過ぎて、彼女が王女だということをたまに忘れてしまう。

「ええ、小さい頃はよく城内を走り回ったものよ」

「あはは、その姿は簡単に想像できるな」

「……ねぇ、アレン。それって褒めてるの？」

「うーん、どっちだろう？」

「もう、ちょっと！」

二人で楽しくそんな話を交わしていると、

「――この先が玉座の間でございます。陛下に失礼のないよう、よろしくお願い致します」

礼服を着た五人は、恭しく頭を下げた。

どうやらここから先は、俺とリアの二人で行かなくてはならないらしい。

「……行こうか」

「うん」

そうして俺たちは、前へ歩き始めた。

（ふぅ、緊張するな……）

俺は田舎の生まれであり、国王陛下のような位の高い人と話したことがない。マナー・立ち振る舞い・言葉遣いなどなど、不安は山積みだ。

「大丈夫よ、アレン。あなたは今日、私の友達として招かれているんだから。ゲストとして堂々としていればいいのよ！」

リアはそう言って、ポンと背中を叩いてくれた。

「ありがとう。とりあえず、失礼のないように気を付けるよ」

しばらく真っ直ぐ歩けば、大きくて豪奢な扉が見えてきた。両側には、頑強な鎧に身を包んだ二人の衛兵が立っている。

彼らは冷たく鋭い視線を一瞬だけ俺に向け、その後すぐにリアへ敬礼をした。

「お帰りなさいませ、リア様」

「国王陛下がお待ちでございます。どうぞ中へ」

二人の衛兵が重厚な扉を開くとそこには、玉座に座った国王とその背後で待機するクロードさんの姿があった。

（この人がヴェステリア国王、グリス＝ヴェステリアか……）

鋭い大きな目。短く切り揃えられた、リアと同じ明るい金髪。立派に蓄えた顎鬚は、歳のせいかやや白みがかっている。年齢は四十代半ばぐらいだろうか。頭には金色の王冠が載せられており、赤いマントを羽織ったその姿はまさに『王様』だった。

「おぉ！　よくぞ帰って来てくれた、リア！」

グリス陛下は玉座から立ち上がり、満面の笑みを浮かべてリアのもとへ駆け寄った。

「ただいま、お父さん」

「おぉ、おぉっ！　元気そうで何よりだ！　パパはもうお前が心配で心配で……っ」

「ありがと。でも、私ももう十五歳なんだから、そんなに心配しなくても大丈夫よ？」

それから二人の会話が一段落した頃合いを見計らって、俺は丁寧に自己紹介を始める。

「初めまして、自分は千刃学院一年のアレン＝ロードルと申します。リアさんとは、仲良くさせて――」

「き・さ・まが、アレン＝ロードルかぁ⁉」

陛下は俺の自己紹介を遮り、憎悪に満ちた目を向けた。

「クロードから聞いたぞ……っ。我が娘を毒牙にかけ、その身も心も弄んだ――最低最悪の不埒者だとな！」

「い、いえ、決してそんなことは――」

「……力を示せ」

「え？」

「うちの娘が欲しければ、ヴェステリア最強の剣士であることを示せと言っておるのだ！」

彼は怒りに身を任せ、城中に響き渡るような大声で怒鳴り散らした。

（この台詞。夏合宿のときに、リアの話の中で出てきたっけか……）

まさか自分が言われる立場になるとは思わなかった。

（とにかく、このままじゃまずい……）

話がおかしな方向へ進む前に、早く誤解を解かなくては。

「ぐ、グリス陛下、俺の話を聞いてください！　実はその件については、大きな勘違いがありまして――」

そうして俺がなんとか会話の場を作ろうとしたが、

「黙れ黙れ、黙れぃ！　貴様は口八丁手八丁で相手を丸め込む、話術に長けた『ペテン師』だと聞いている！　儂を騙そうとしているのだろうが、そうはいかんぞ！」

こちらの話には全く聞く耳を持ってくれなかった。

陛下の背後に控えるクロードさんは、いやらしく口角を吊り上げる。

（く、クロードさんめ……っ）

ペテン師呼ばわりだなんて、ちょっと脚色を付け過ぎだ。

そうして俺が苦戦を強いられていると、怒り顔のリアが声を荒げた。

「ちょっとお父さん、アレンの話をちゃんと聞いてよ！」

「ならん！　そやつは気丈なお前でさえ、たらし込んだ悪魔のような男……！　ひとたび話し合いの場を持てば、儂とて籠絡されかねん！」

「アレンはそんな悪い人じゃない！　ちゃんと話せばすぐにわかるわよ！」

陛下の大きな声に物怖じせず、リアははっきりと自分の意見を述べた。しかし、

「くそ、我が娘をここまで落とし込むとは……っ。許さん……絶対に許さんぞ、アレン＝ロードル！」

彼女の健闘もむなしく、事態はみるみるうちに悪化していった。

（こちらの話を聞いてもらうのは、もう難しそうだな……）

こういうときは、まず相手の話を聞いて会話の取っ掛かりを摑むべきだ。

「では陛下、どのようにして『ヴェステリア最強』であることを示せばよいか、教えていただけないでしょうか？」

「ふん、そうだな……。学生を相手に『大人の聖騎士と戦え』というのは、さすがに不公平というもの……。それはヴェステリアを預る王としてあまりに小さい……」

彼は立派な顎鬚を揉みながら考え込んだ。

「……よし、決めたぞ。この城内におる同年代の剣士。その中で、貴様が最強であることを示せば『次期ヴェステリア最強』と認め——この件は不問にしてやろう！」

「ほ、本当ですか⁉」

「うむ、ヴェステリアの名に懸けて約束してやろう」

城内の——それも『同年代』の剣士が相手であればチャンスはある。

（いや、待てよ……。リアを溺愛している陛下が、わざわざこんな提案を持ち出したということは……）

絶対に負けない。その確信があるからに違いない。

（だけど、可能性はゼロじゃない！）

そうして俺が決心を固めたところで、

「だがもし――貴様がその戦いに敗れた場合は、リアの留学は即刻打ち止めとする！　千刃学院に戻ることは、今後一生ないと思え！」

「「なっ⁉」」

陛下は邪悪な笑みを浮かべ、さらに言葉を続けた。

「さぁ、どうする？　このまま尻尾を巻いて帰るというのも一つの選択だぞ？　もちろんその場合、リアは『ヴェステリアの剣術学院』へ通うことになるがな！」

「ちょ、ちょっとお父さん！　何よそれ！　そんな無茶な話、私が呑まないわよ！」

リアはすぐさま抗議の声をあげたが、陛下は頑として譲らなかった。

「ならん！　たまにはパパの言うことも聞きなさい！」

「いーやっ！　絶対に聞かないわ！」

「ダメだ！　これだけは絶対に譲らんぞ！　パパにも親として、譲れない一線がある！」

「むぐぐぐ……っ！」

「そんなに睨んでもダメなものはダメだ！　お前は我がヴェステリアで剣術を磨き、立派な剣士となるのだ！　――くそっ。あのときレイアの誘いに乗らなければ、今頃こんなことには……っ」

最後の方――陛下は小さな声で何事かを呟きながら、歯を食いしばった。

「さぁどうする、アレン＝ロードル。言っておくが、貴様に勝ち目は万に一つもない。これは脅しではない。貴様が勝つことは絶対にあり得んのだ！　尻尾を巻いて逃げるというのも利口な選択だと思うぞ？」

彼はそう言って、選択を俺に委ねた。

「あ、アレン……」

リアは少し不安そうに俺の服の袖をつまんだ。

（俺は……リアと一緒にいたい）

それに彼女だって、千刃学院で剣術を学びたがっている。

（グリス陛下がここまで言い切るからには、よほどの剣士を抱えているに違いない……）

しかし、たとえどんなに難しいことでも、可能性がゼロでないならば挑戦すべきだ。

「示しましょう。俺が次期ヴェステリア最強だということを」

「ふん、愚かな選択だ。所詮は子どもよ……。では明日の十時より、大闘技場にて決闘を行う！　こちらは選りすぐりの三人で向かうが……異存はないな？」

陛下は三本の指を立て、揺さぶりをかけるように笑った。

「さ、三人も!?　お父さん、後出しの条件は卑怯よ！」

「――いいですよ、こちらに異存はありません」

「あ、アレン!?」

この勝負は『心の勝負』だ。

（ここでゴネて、もし相手が一人になったとしても……陛下は俺の力を認めないだろう）

彼が自信を持って送り出した三人の剣士に、しっかりと勝利を収める。そうして俺の力を示さなければ、今後も陛下はあの手この手でリアを連れ戻そうとするだろう。

「ふん……その威勢だけは買ってやろう。――クロード！」

「はっ！」

「一応は客人だ。アレン＝ロードルに客室を用意してやれ」

「かしこまりました」

そうクロードさんに言い付けた陛下は、ゆっくりと玉座に腰掛けた。

どうやら今日の会談はここで終わりらしい。

「――おい。こっちだドブ虫、ついてこい！」

それから俺とリアは、クロードさんについて玉座の間を後にした。

重々しい扉が二人の衛兵によって完全に閉められたところで、俺は大きく息をついた。

（ふぅ……。とんでもないことになったな）

話をするだけのつもりが、まさかこんなことになるとは思ってもいなかった。

（だけど、リアの為にも明日は絶対に負けられない……っ）

こうして俺は明日、リアとの学院生活を賭けた大事な戦いに臨むことになったのだった。

■

俺たちはクロードさんに案内されて、城の一階へ向かった。

「――ドブ虫、貴様の部屋はここだ」

彼はそう言って、とある一室の前で足を止めた。

「ねぇ、クロード？　ドブ虫じゃなくて、ア・レ・ン！　いったい何度言えばわかるの⁉　いい加減に怒るよ⁉」

リアが額に青筋を浮かべながら、クロードさんを叱責する。

「も、申し訳ございません、リア様。しかし、こればかりはどうしようもないのです……っ」

彼は申し訳なさそうな顔をして、深く頭を下げた。

どうやら俺をドブ虫と呼ぶことだけは、リアに注意されてもやめられないようだ。

（まぁ、別になんでもいいけどな……）

三年間ずっと『落第剣士』と呼ばれ、蔑まれてきた俺からすれば、今更『ドブ虫』と言われたところでなんとも思わない。

ここで揉めていても仕方がないので、俺は目の前の扉をゆっくりと開けた。

「おぉ……立派な部屋ですね」

広く大きな部屋には、いかにも高級そうなベッドやソファが備わっていた。よくよく見れば、飛行機に預けた俺の荷物も運び込まれている。どうやらグリス陛下の言葉通り、一応は客人として扱ってくれるらしい。

俺がグルリと部屋を見回していると、クロードさんは咳払いをした。

「一つ言い忘れていたが、私は貴様の監視役——ゴホン、世話役を仰せつかっている」

今、完全に『監視役』って言ったよな……。

「真向かいの部屋に私が常駐しているから、外に出るときは必ず一報入れるように。もしも報告を怠った場合どうなるか……わかっているな？」

彼はそう言って、腰に差した剣を意味深に見せつけた。

「ちゃんと一報を入れますので大丈夫ですよ」

「ふんっ、ならばいい。では明日に備えて体を休めろ。……まぁ、貴様の無様な敗北など目に見えているがな」

最後に嫌味を残して、彼は出口へ歩いて行った。

「ふん、アレンは絶対に勝つわ！」

見るからに不機嫌な様子のリアは、部屋の扉を閉めようとした——否、閉めようとして、しまった。

「り、リア様、何故扉を……？　あなた様のお部屋は最上階ですよ……？」

いつもの調子で一緒の部屋にいようとした彼女に、クロードさんは至極真っ当な疑問を投げ掛けた。

「……あっ、そうだった」

リアのポンコツさが、考えられる限り最悪な形で表に出てしまった。

「ど、ドブ虫、貴様……っ。日常的にリア様を自分の部屋に連れ込んで……!?」

リアの反応から俺たちの関係性を嗅ぎ取った彼は、顔を青く染めた。

（クロードさんのこの反応……）

毎日同じ部屋で生活しているなんて、間違っても言えるはずがない。

「そ、そんなわけないじゃないですか！　な、なぁ、リア？」

「え、ええ！　アレンの言う通りよ！」

俺たちは咄嗟に口裏を合わせたが……。

「おのれ、おのれおのれおのれ……！　ドブ虫風情が、おのれぇぇえええ……っ」

彼は目を血走らせながら歯を食いしばり、コブシを固く握り締めた。そして、

「……リア様、お部屋まで……ご案内致します」

怒りが一周回って悲しみに変化したクロードさんは、がっくりと肩を落としながらリアを呼んだ。

「あ、アレン、おやすみなさい。また明日ね」

「あ、あぁ、おやすみ」

嵐の過ぎ去った部屋で、俺は一人ため息をつく。

（はぁ……。これでまた俺の評判は悪くなるのか……）

クロードさんのことだ、きっとまた陛下に告げ口するだろう。

俺はもう一度大きなため息をつき――考えるのをやめた。

■

それから俺は歯を磨き、お風呂に入り、簡単に寝支度を整えた。

時計を見れば、もう夜の九時半となっている。

寝るには少し早い気もするけれど……。

（明日には大事な戦いが控えていることだし、今日はもういいか……）

その後、電気を消して大きなベッドに横たわったところで、ちょっとした違和感を覚え

た。

「……っと、今日は一人だったな」

いつもベッドの左側ではリアが眠っているので、無意識のうちに彼女の寝るスペースを空けてしまっていた。

（なんか、変な感じだな……）

いつもは隣にリアがいて、友達のことや剣術のことを話して――気付いた頃には二人一緒に眠っている。だから、こうして一人ベッドで横になるというのは……少し寂しかった。

（今日は早いところ寝てしまおう）

瞼を落とし、全身の力を抜いた。

時計の秒針が時間を刻む音が、静かな部屋に響く。規則的なその音を聞いていると、徐々に睡魔が押し寄せてきた。そこへ追い打ちをかけるように、部屋の外から綺麗な虫の音が聞こえてきた。ほどよい環境音に柔らかいベッド。これ以上ない完璧な空間で、俺は強烈な『物足りなさ』を感じた。

「……素振りが足りない」

日課である早朝の素振りは、こなしたものの……。それ以降は大急ぎで旅支度を整え、ヴェステリアまでずっと飛行機の中。その後は、ラムザックを食べて、グリス陛下との謁見に臨み——今はもうベッドの中。
全くと言っていいほど、素振りができていない。
それどころか、今日はまともに剣すら握れていない。
(だけど、もうお風呂にも入ってしまったんだよなぁ……)
今から素振りをしてお風呂に入り直したら、睡眠時間がかなり短くなってしまう。
「でも……やるしかない、か」
一度素振りを意識してしまえば、もうその欲求から逃れることはできない。
起き上がって掛け時計に目をやれば、時計の針は十時ぴったりを指していた。
やはり、あまり時間はない。
(……大丈夫だ。ほんの少しだけ素振りをして、その後すぐにシャワーを浴びる)
睡眠時間は短くなるが、素振りをした分だけ質の高い睡眠になるから問題はない。
「よし、行くか!」
寝間着から千刃学院の制服に着替え、すぐに準備を整えた。
「さてと、後はクロードさんにひと声掛けないとだな」
客室を出て真向かいの部屋の前に立ち、コンコンコンと扉をノックした。
しかし、返事は一向に返って来なかった。

「……クロードさん？　いないんですか？」

今度は少し大きめに扉をノックしてみたが、やはり返事はない。

「困ったな……」

彼の許可なく、素振りをしに行くわけにはいかない。

（もしかして、もう寝てしまったのか……？）

試しに取っ手を回してみると――音もなく扉は開いた。

どうやら鍵はかかっていなかったようだ。

「……クロードさん、入りますよ？」

念のため、ひと声かけてから彼の部屋へと踏み入った。

室内には明かりが灯っており、家財の配置は俺の部屋と全く同じだ。すると、

「ふーんふふーん、ふーんふふーん」

奥の方から、小気味よい鼻歌とシャワーの音が聞こえてきた。どうやらお風呂に入っているようだ。

（なるほど、それでノックの音が聞こえなかったのか）

それなら、また十分後ぐらいに出直すとしよう。

勝手に部屋に入ったと知られたら、また面倒なことになってしまう。

俺が足音を殺して出口へと向かうと――シャワーの音が止み、カーテンの開く音がした。

（……最悪のタイミングだな）

今慌てて部屋を飛び出した場合、下手をすると物取りと勘違いされるかもしれない。それならばここに残って、正直に理由を話した方がいい。そう判断した俺が、部屋の真ん中で立っていると――一糸纏わぬクロードさんがこちらへやってきた。

そこで俺は我が目を疑った。

「く、クロード、さん……!?」

「……え？」

服を脱いだクロードさんは、意外と華奢な体をしていた。

何よりその胸部には、女性らしさを象徴する二つの大きな膨らみがあった。

「なっ、貴様、ど、どうして……!?」

そうして彼、いや――『彼女』の頬は、みるみるうちに真っ赤に染まっていったのだった。

■

耳まで真っ赤に染めたクロードさんは、すぐさま両手で胸を隠した。

「み、見るなぁ……っ！」

「す、すみません……っ！」

我に返った俺はすぐに背を向ける。

それと同時に彼女はお風呂場へ駆け込み、荒々しくカーテンを閉めた。

（く、クロードさんは……女性だったのか……⁉）

佇まいや喋り口調から、てっきり男性だと勘違いしていた。

大きな鼓動を刻む胸を落ち着けていると、カーテンの奥から彼女の震えた声が聞こえた。

「き、き、貴様……！　いったい何故、私の部屋に……⁉　ま、まさか……夜這いか⁉

そうか、そうやってリア様を落とし込んだんだな⁉」

「ち、違います！　そんなわけないじゃないですか！」

その勘違いは本当にまずい。俺は慌てて即座に否定した。

「では何故、私の部屋にいた⁉　理由如何によっては、聖騎士へ突き出すぞ！」

「す、素振りに行くので、クロードさんにひと声掛けようと思ったんです！　ですが何度ノックをしても返事がなく、取っ手を回すと鍵も掛かってなかったので――」

「――それで女の部屋に無断で入ったと？」

女性に対して『男だと思っていました』と言うのはあまりに失礼だ。

それぐらいは俺にだってわかる。

「それはその……すみません」

彼女の心を傷付けないためにも、俺は黙って謝罪することにした。

「……」

「……」

クロードさんが黙り込み、お互いの間に気まずい沈黙が降りる。お風呂場から聞こえる水滴の垂れる音が、やけに大きく聞こえた。それから少しして、彼女はゆっくりと口を開いた。

「……責任を取れ」

「責任、ですか……？」

「お、女の裸を見たんだ……。男として責任を取る方法は、一つしかないだろう……！」

「そ、それってまさか……⁉」

男・女・責任と来れば、行き着く先は一つだ。

「あぁ、お前も男なら腹をくくれ……っ」

クロードさんはそう言って、カーテンの奥から何かを放り投げた。

それは床と接触し、カランカランと乾いた音を響かせる。

「こ、これは……？」

「護身用の短剣だ。──さぁ早く切腹をしろ」

「せ、切腹……っ⁉」

彼女の裸を見たことについては、本当に申し訳なく思っている。

だがしかし、切腹は行き過ぎじゃないだろうか？

「き、生娘の裸を見たのだ！　当然だろう⁉　さぁ、早くその命をもって償え！　そうすれば全てを水に流してやる！」

「い、いや、その……さすがに命だけは……っ」

「問答無用！　さぁ、早く腹を切れ！　私が風邪を引いてしまうだろうが！」

彼女はそう言って、甲高い声で怒鳴り散らした。

（……今回の件はクロードさんを男と勘違いしていた俺が悪い）

彼女を辱めたことについては、全面的にこちらに非がある。

だがしかし、こんなところで死ぬわけにはいかない。

「……し、失礼します！」

俺はそう言い残して、部屋から飛び出した。

「なっ⁉　おい、待て！」

その後、真向かいの自室へ戻った俺は、椅子や箪笥を扉の前に置いてバリケードを作った。明日は俺とリアにとって、とても大事な決闘が行われる。一睡もせず、徹夜の状態で臨むわけにはいかない。

「よし……。これだけ固めれば、クロードさんも無音で入ることはできない……はずだ」

無理に扉を開けようとすれば、必ず大きな音が鳴り、すぐに目を覚ますことができる。

つまり寝込みを襲うことは、ほぼほぼ不可能な状況だ。

（これで……少しは落ち着いて寝られるだろう）

そうして俺は、扉の方に神経を集中させながらベッドに横たわったのだった。

翌朝。

「おはよう、アレン。……大丈夫？　クマができてるよ？」

わざわざ起こしに来てくれたリアは、俺の顔を覗き込んでそう言った。

「あぁ。おはよう、リア。……昨日はちょっと寝付けなくてな」

結局クロードさんの夜襲が気になって、一睡もできなかったのだ。

「でもまぁ、一晩徹夜したぐらいどうってことないさ。安心してくれ」

俺の連続徹夜記録は三十五日。時の世界での最後の一周——あの世界を斬るべく、ひたすらに素振りしていたときに達成した記録だ。

だから実のところ、一日の徹夜ぐらいどうということはない。

「そう？　それならいいんだけど……無理はしないでね？」

「あぁ、ありがとう」

廊下でそんな会話をしていると、真向かいの扉がゆっくりと開き、クロードさんが姿を現した。

「……おはようございます、リア様」

「おはよう、クロード。……あれ？　あなたも眠れなかったの？」

見れば、彼女の目の下にはクマができていた。

「はい。少し気が高ぶってしまい、寝付くことができませんでした」

……多分、怒りに震えて眠れなかったのだろう。

「そんなことよりもリア様、そろそろ朝食の時間でございます。どうぞ、こちらへ。――お前もだ。ついてこい、変態ドブ虫」

そう言ってクロードさんは、ギロリと俺を睨み付けると、ツカツカと歩き始めた。

（へ、変態ドブ虫……）

どうやら昨日の一件で『ドブ虫』から『変態ドブ虫』へと、ランクダウンしてしまったようだ。
■

その後、食堂で舌鼓を打った俺たちは、馬車に乗って大闘技場へ向かった。

「おぉ、これは凄いな……っ」

飛行機の移動中にリアから少し聞いていた、ヴェステリアの観光名所の一つ『大闘技場』。

それは石造りの巨大な円形闘技場だった。

風雨により多少の劣化は見られるが、歴史と力強さを感じさせる建造物だ。

「決闘の開始まで、あまり時間もない。さっさとついてこい」

そう言って早足で進むクロードさんについて行くと、選手控室に到着した。

部屋の中には、剣に手斧・槍に大槌と多種多様な武器が飾られている。

「ここでは規則により、武器の持ち込みは禁止されている。よって闘技場が用意したこの武器の中から選び、戦ってもらうことになる」

「わかりました」

武器の良し悪しで、勝敗が左右されないように配慮されているようだ。

「よし、アレンにぴったりの武器を探すわよ！」

リアはそう言って、剣が大量に並べられた区画へ向かって行った。

（……これだけ離れれば、聞こえないだろう）

俺はこの機を逃さず、小さな声でクロードさんに話し掛けた。

「その、クロードさん……。昨日の件なんですが……」

「……なんだ、変態ドブ虫」

まるで羽虫を見るような、冷たい視線が突き刺さる。

「あの、本当にすみませ――」

「――私の裸を見て、タ、ダ、で済む、と、思、う、な、よ？」

彼女はそれだけ言うと、プイと明後日の方角を向いた。

謝罪すら受け取ってもらえない。やはり関係の改善は絶望的なようだ。

（それに……今の口振り）

どうやらこの後、何かしらの攻撃を仕掛けてくるようだ。

（はぁ……。どうして俺ばかりがこんな目に……）

俺が小さくため息をつき、肩を落としていると、

「ねぇ、アレン！　これなんかどうかな？」

一本の剣を手にしたリアが、こちらへ駆け寄ってきた。

「これは……確かに、いい剣だな」

綺麗な刃紋だし、刃渡りもちょうどいい長さだ。それに握り心地も悪くない。

「ありがとう、リア。それじゃ、これを使わせてもらうよ」

「うん！　応援しているから、頑張ってね！」

そうして彼女から剣を受け取ったところで、実況のアナウンスが鳴り響いた。

「――みなさま大変長らくお待たせいたしました！　これより大闘技場、開演となります！

本日は予定されていた全ての決闘を中止して、スペシャルマッチを執り行います！」

その瞬間、会場から割れんばかりの歓声が巻き起こった。ここからでは観客席は見えないけれど、どうやら凄まじい数の観客が押し寄せているらしい。

「西門、我らがリア様を毒牙にかけた最低最悪のペテン師！　アレン＝ロードルゥッ！」

実況の酷いアナウンスを受け、俺が控室から舞台へと上がれば、

「引っ込め！　このゴミカス野郎が！」

「リア様に手を出すとは、いい度胸だな！　ええ!?」

「口だけのペテン師が！　無事に帰れると思うなよ！」

凄まじい罵声と野次が雨のように降り注いだ。

よくよく見れば、観客はそのほとんどがヴェステリア城にいた衛兵。つまりは、グリス陛下の『身内』で固められていた。

（この感覚、なんだか懐かしいなぁ……）

グラン剣術学院にいた頃は、いつもこうだった。

みんなが俺のことを嫌い。

みんなが俺の敗北を望み。

みんなが俺の失敗を笑う。

そんなつらく苦しい毎日が、俺の日常だった。

だけど、今は違う。

「頑張れー！　アレーン！」

俺の耳にはリアの声がしっかりと届いている。俺はもう、一人じゃない。

「東門、力仕事なら任せとけ！　ヴェステリア随一の剛腕、ガリウス＝ランバーダック！」

アナウンスの終了と同時に、

「うがぁあああああああ！」

身長二メートルを超えるスキンヘッドの男が舞台に駆け上がった。

顎回りを覆う無精髭。右頬に走った太刀傷。筋骨隆々の体。その右手には一メートルほどの巨大な金棒が握られている。

（どう見ても、同年代とは思えないな……）

　すると、

「ちょ、ちょっと！　どう見ても同年代じゃないでしょ!?」

　舞台に飛び出したリアは、大きな声を張り上げ、特別観覧席に座るグリス陛下を睨み付けた。

「へへっ、確かにおらぁ明日二十歳を迎えますが……。今はまだぴっちぴちの十代なんですよ、リア様？」

　ガリウスさんは、凶悪な笑みを浮かべながらそう言った。

　どうやら超ギリギリではあるが、一応『同年代』らしい。

「そ、そんなの詭弁よ！　ズルよ！」

「すんませんね、リア様。陛下は問題ねぇって言ってましたんで――このままやらさせてもらいますぜ！」

　彼はそう言って、大きな金棒を肩に担ぐ。

「そ、そんな……」

　不安げな彼女を安心させるように、俺は優しく笑いかける。

「大丈夫だよ、リア。俺は絶対に負けないから」

「アレン……。わかった、信じてる」

　彼女が舞台から降り、俺とガリウスさんが向かい合ったところで実況が口を開いた。

「さぁ両者、準備はよろしいでしょうか!?　それでは第一戦――はじめ！」

開始と同時にガリウスさんは、意外にも素早い身のこなしで俺との距離を詰めた。

「先手必勝！　おらぁあああ！」

そして既に振りかぶられた巨大な金棒を力いっぱい振り下ろした。

速度と体重の乗った素晴らしい一撃だ。

「アレン、避けて！」

悲鳴のようなリアの声が、やけに遠く聞こえた。

（……俺はリアと過ごす毎日が好きだ）

彼女と過ごす千刃学院での日常が大好きだ。

それが、こんなところで終わるなんて絶対に嫌だ。

だから、今日この日だけは絶対に負けられない。

（たとえ相手がどんな強敵だろうと――絶対に勝つ！）

その瞬間、体の奥底から不思議な力が湧きあがった。

「――ハァッ！」

俺の放った横薙ぎの一閃は、ガリウスさんの金棒を一刀のもとに両断した。

「なっ⁉」

先っぽのなくなった棍棒を見つめる彼に、俺は回し蹴りを叩き込む。

「せいっ！」

「か、はぁ……っ⁉」

痛烈な一撃が胴体にめり込んだ彼は、闘技場の壁に激突し――白目をむいて倒れた。

誰も予想だにしない展開に、大闘技場はシンと静まり返る。

そしてたっぷり数拍の間があってから、実況が勝敗を宣言した。

「が、ガリウス＝ランバーダック戦闘不能！　勝者、アレン＝ロードル！」

その瞬間、一気に会場全体がざわめき始めた。

「こ、棍棒を……斬った……？」

「ど、どういうことだよ⁉　陛下は口だけだって、言ってたよな……⁉」

「お、おいおい何だアイツ……。実はめちゃくちゃ強いんじゃねぇか⁉」

ふと顔を上げると、特別観覧席で歯を食いしばるグリス陛下と目が合った。

「ぐ、ぬぬぬ……っ。アレン＝ロードル……ッ！」

「……すみません。今日の俺は少し強いですよ」

こうしてガリウスさんを一撃で倒した俺は、体の奥底から湧き上がる力を手に――第二戦に臨むのだった。

■

第一戦でガリウスさんを倒した俺は――続く第二戦。

「八の太刀――八咫烏ッ！」

「ぬぉっ⁉　が、はぁ……っ」

開始と同時の電光石火、わずか三秒で対戦相手を沈めたのだった。

「ろ、ロメルド＝ゴーラ戦闘不能！　勝者、アレン＝ロードルッ！」

実況が勝敗を宣言すると、大闘技場は不穏な空気に包まれた。

「お、おいおい……。何だよあいつ……いくらなんでも強過ぎねぇか⁉」

「とにかく速ぇし、力も強ぇ……。あんな細身なのに、いったいどうなってんだ⁉」

「つ、次負けたら……私たちの負け、なんだよな……？」

その空気を煽るようにして、実況は大袈裟に言い放つ。

「ヴェステリア城内において、名うての剣士がまさかの二連敗⁉　謎に包まれた異国の剣士、アレン＝ロードル！　彼はいったい何者なんだぁあああ⁉」

異様な空気が流れる中、俺は自分の手のひらをジッと見つめていた。

（不思議と力が湧いてくる……。これなら、いけるぞ……っ）

「さぁ、本日のスペシャルマッチもいよいよ最終戦でございます！　最後はこの人！　リア王女殿下専属の親衛隊隊長、クロード＝ストロガノフ！」

アナウンスが終わると同時に、正面の東門からクロードさんが姿を現した。

「く、クロード様ぁあああ！」

「お願いします！　もうあなただけが頼りなんです……！」

「にっくきアレン＝ロードルを葬ってください……！」

観客席は今日一番の盛り上がりを見せた。さすがは親衛隊隊長、凄まじい人気ぶりだ。

「変態ドブ虫め。まさかここまでやるとはな……想定外だったぞ」

「最後はあなたですか、クロードさん」

「ふん。覚悟しろ、昨日の借りをたっぷりと返してやるからな……！」

彼女はそう言って、まだ開始前だというのに剣を抜き放った。

昨日の一件と合わさって、やる気十分のようだ。

「ではこれより、本日最後の試合を開始致します！　両者準備はよろしいでしょうか!?

それでは――はじめ！」

開始の合図と同時、

「覇王流――剛撃ッ！」

クロードさんは一瞬で俺との間合いを詰め、大上段からの切り下ろしを放った。

（やはり、そう来たか……っ）

彼女の攻撃的な性格から、この行動を予測していた俺は、

「──ハッ！」

鞘の中で十分な加速をつけた居合斬りで迎撃した。

互いの剣が激しくぶつかり合い、火花が舞い上がる。

「ドブ虫、が……っ。なんて馬鹿力だ……!?」

「それはどう……も！」

「くっ!?」

鍔迫り合いを制した俺は、追撃を仕掛けるべく半歩前へと踏み込んだ。

しかし、

「──舐めるなぁっ！」

彼女は無駄のない動きで反転し、鋭い横薙ぎの一撃を放った。

「っ!?」

前傾姿勢を取っていた俺は、咄嗟にバックステップを踏み──なんとか、その一撃を回避する。

（……巧い）

技と技の繋ぎが絶妙だ。

今のような僅かな『崩し』では、クロードさんの守りは破れないらしい。

「ちっ、無駄にいい反応をしているな……っ」

「クロードさんこそ、見事な体捌きでした」

「ほざけ！」

それから俺たちは、激しい剣戟を繰り広げた。

彼女の剣は基本に忠実。先ほど見せた切り下ろしにしろ、横薙ぎにしろ——基本的な動作がまるでお手本のように洗練されていた。そして何より、

「覇王流——撃滅ッ！」

「ぐっ⁉」

繊細さと緻密さの中にも、確かな力強さがあった。

この研ぎ澄まされた剣術は、厳しい修業の果てに身に付けたものに違いない。

だがしかし——。

「——ハアッ！」

「ぐ……っ⁉」

お互いの身体能力には、大きな差があった。

（いけるぞ。今の俺なら、押し切れる……！）

（こいつ、なんて力だ……!?　本当に同じ人間か……!?）

筋力は全ての剣術の基本だ。

技量がほとんど互角ならば、後は単純な筋力の差がモノを言う。

「ハアッ！」

俺の放った袈裟切り、

「……く、くそっ!?」

その威力に押されたクロードさんは、大きく後方へ吹き飛んだ。

「……変態ドブ虫が」

彼女は地面を転がりながら受け身を取り、衝撃を完全に殺し切る。

その後すぐに起き上がって剣を構えたが、この大きな隙を見逃す俺ではない。

「一の太刀――飛影ッ！」

追撃の一手として、遠距離から一方的に仕掛けられる飛影を放つ。

「飛ぶ斬撃……!?　覇王流――剛撃ッ！」

目前に迫る斬撃をなんとか打ち消した彼女だが、それはただの陽動だ。

「消えた……!?」

「――後ろですよ」

「なっ⁉」

飛影を隠れ蓑にした俺は、いとも容易くクロードさんの背後を取る。

「桜華一刀流奥義――鏡桜斬ッ！」

鏡合わせのように左右から四撃ずつ、合計八つの斬撃が彼女を襲う。

「ぐっ……きゃぁ⁉」

驚異的な反応と剣速で五つの斬撃を撃ち落とした彼女だったが……。あの体勢から全てを捌くことはかなわず、右肩と腹部と太ももに三つの斬撃を浴びた。しかし、

（……さすがだな）

どれも傷は浅い。

彼女はギリギリまで目を見開いて斬撃を見切り、深手を避けるべく体をよじったのだ。

「き、貴様……っ」

手傷を負ったクロードさんは、大きく後ろへ跳び下がって距離を取る。

一瞬頭に血が上りかけた様子だったが、大きく深呼吸をして落ち着きを取り戻した。

「……悔しいが、ただのペテン師ではないようだな」

彼女は苦虫を嚙み潰したような表情でそう呟く。

「そもそもペテン師ではないんですけどね」

一応訂正はしておいたが、あまり効果はないだろう。

「人としての貴様は、最低最悪の変態ドブ虫。『女の敵』と言っても過言ではない。だが、アレン＝ロードルという『剣士』は――尊敬に値する」

「……どうも」

褒められているのか、けなされているのか……正直よくわからない。

「それだけに惜しいな……アレンよ。貴様には『才能』がない。それも絶望的なほどにな」

クロードさんは、そう断言した。

「……ずいぶんはっきり言ってくれますね」

剣術の才能がないことは、自分が一番よくわかっている。

しかし、こうも面と向かって言われると……さすがに少しきつい。

「気の毒だが、これは事実だ。私は十歳の頃から親衛隊を率いる身であり、これまで指導してきた剣士は五万を軽く超える。だからこそ、剣士の才能を見抜く目には自信がある。――断言しよう、貴様に魂装の習得は無理だ」

彼女はとどめを刺すようにそう言った。

「確かに貴様の『努力』は驚嘆に値する。そんな非才の身でありながら、私を相手に互角の剣戟を演じる優れた剣術、鍛え抜かれたその体。おそらくは十数年、地獄のような修業に耐え抜いたのだろう。その常識を逸脱した精神力は、もはや『化物』だ」

正確には十数億年だけど……まぁ、そこはいいだろう。

「だがな、剣士として大成することは絶対にない」

クロードさんは、淡々とした口調で続けた。

「剣士の力量は、魂装の力に依存するところが大きい。これはこの世界の常識だ」

「……ええ、もちろん知っていますよ」

「魂装を習得できない貴様は、おそらく死ぬまで努力を続けるだろう。つらく苦しい修羅の道だが……きっと貴様ならばやり遂げるだろう。だが、その果てにあるのは『無』だ。一生涯を懸けても『魂装を習得できなかった』という絶望的な現実が待つだけだ」

「そうかもしれませんね」

魂装を発現できるのは、ほんの一握りの優れた剣士のみ。

そしてその一握りに俺は、きっと入っていないだろう。

「そんな地獄の道を歩むくらいならば、いっそここで――貴様の剣の道を断ってやろう」

彼女はそう言って、右手を前に突き出した。

「息吹け――〈無機の軍勢〉ッ！」

その瞬間、何もない空間から一振りの剣が現れた。

刃渡りの長い、長刀と呼ばれる剣だ。

「……魂装」

「あぁ、これが『才能』だ」

短くそう答えた彼女は素早く三度、舞台の石畳を斬り付けた。

するとそこに、青白い光を放つ三つの紋章が浮かび上がった。

（……なんだ？）

次の瞬間、石畳の一部がパキパキと音を立て、その姿を変えた。握りこぶしほどの石は、みるみるうちに燕と烏へ。酒樽ほどの大きな石は、梟へと変貌を遂げた。

「チーチチチチッ！」

「グワァー……ッ！」

「フロロロ……ッ！」

それらはまるで生きているかのように鳴き声をあげ、彼女の周囲を自在に飛び回った。

「これは……っ。操作系の能力、ですか……？」

「ふふっ、さぁな？　わざわざ自分の能力を教えてやるほど、私は甘くないぞ」

クロードさんはそう言って、長刀の切っ先をこちらに向けた。

「行くぞ――アレン＝ロードルッ！」

「――来い！」

ここからが本番、ここからが最終決戦だ……！

■

クロードさんの周囲には、彼女を守るように燕や烏が飛び回り、それよりやや高い位置取りで梟が俺を見下ろした。

（一見すれば、石などの物質を支配する操作系の能力だ）

単純に手数が増えるのは厄介だし、そのシンプルさゆえに強力な能力だ。

（しかし、まだ断定できない……）

相手は親衛隊隊長、クロード＝ストロガノフ。

その能力が、ただ物体を操作するだけとは考えづらい。

（未知の力を前にしたときは……攻める！）

攻めて攻めて攻め続けて、魂装の能力を『攻撃のため』に振るわれないようにすべきだ。

「はぁあああああ！」

俺は先手を打つべく、クロードさん目掛けて一直線に駆け出した。

「いい判断だ。魂装使いとの戦い方も心得ているようだな……。だが、相手が悪かったな」

余裕綽々といった様子の彼女は、その場で長刀を振り下ろした。

すると、

「フロロロ……ッ！」

彼女の頭上を飛んでいた梟が、こちらへ急降下を始めた。

（速い……!?）

ただの自由落下とは違う。明らかに魂装の力で後押しされた速度だ。

だけど、この程度ならば問題ない……！

「ハッ！」

迫り来る梟を真っ二つに両断したその瞬間、クロードさんは笑った。

「――爆ぜろ」

「なっ!?」

刹那、石の梟はまばゆい光を発し――大爆発を起こした。

「ぐっ!?」

咄嗟の判断で後ろへ跳び下がったが、爆風で飛散した石の破片が俺の体に突き刺さる。

硝煙で視界がつぶれる中、

「覇王流――剛撃ッ！」

クロードさんは間髪を容れずに攻め込んできた。

「くっ」

俺は体勢不利の状態ながら、咄嗟に剣を水平に掲げて迫り来る切り下ろしを防ぐ。

「いい反応だが、腹ががら空きだぞ！」

「がはっ⁉」

彼女の鋭い前蹴りが腹部に突き刺さる。ズンとのしかかるような鈍い痛みが走った。

「〜っ」

俺は体勢を整えるために跳び下がり、大きく距離を取った。

「ふぅー……っ」

呼吸を整え、思考を回し〈無機の軍勢〉の能力を分析する。

「……なるほど。ただ物体を操作するのではなく、斬り付けた物体を『爆弾』に変えた上で操作する能力ですか……」

「ご明察。頭のキレも悪くないようだな」

彼女がそう言って石畳を斬り付ければ、

「――フロロロロロロロッ！」

先ほどと全く同じ形をした梟が、再び息吹をあげた。

元となる材料がある限り、爆弾は無限に作れるようだ。

(……これは厄介な能力だな)

俺は下唇を噛み、自分の状態を確認する。

(傷は……そう深くない)

咄嗟に大きく後ろへ跳び下がり、熱波と爆風を回避したことが大きかった。石の破片は精々薄皮を切った程度の軽いもの。お腹を蹴られたダメージも既に回復している。

(よし……戦闘続行になんら支障はないな)

後は〈無機の軍勢〉の攻略法を見つけるだけだ。

剣をへその前に置き、正眼の構えを取ると、

「では、次はこちらから行くぞ！」

クロードさんはまるで指揮棒のように長刀を振った。すると次の瞬間、

「チーチチチチチチッ！」

「クワァアアアアーッ！」

握りこぶし大の燕と烏が、凄まじい速度で接近してきた。

(は、速い!?)

先ほどの梟とは比べ物にならない。

「セイッ！」

素早く二羽を両断したその瞬間、小規模な爆発が起きた。

「……っ」

俺は短くバックステップを踏み、同時に石の破片も全て回避する。

（移動速度こそ恐ろしく速いが……。爆発の規模と威力は『梟』よりも遥かに小さい……）

ギリギリではあるが、熱波・爆風・石の破片——その全てを回避し切れる。

すると俺の動きを遠くからジッと観察していたクロードさんは、静かに口を開いた。

「この速度についてくるとは、さすがの剣速だな。——仕方ない、少し『数』を増やそうか」

彼女がそう言って、素早く地面を斬り付ければ、

「「「「「——チーチチチチッ！」」」」」

「「「「「——グワァーッ！」」」」」

燕と烏が五羽ずつ、合計十もの爆弾が息吹をあげた。

「じょ、冗談だろ……？」

ひんやりとした嫌な汗が背筋を伝う。

（いくら小規模な爆発とはいえ、さすがにこの数はヤバい……っ）

「さぁ、踊れ！」

彼女の命令と同時に、

「「「「チーチチチチチッ！」」」」

「「「「クワァアアアアーッ！」」」」

高速で飛翔する十個の爆弾が俺のもとへ殺到した。

「くそ、なんて馬鹿げた能力なんだ……っ」

それから俺は全神経を集中させ、迫り来る燕と烏を斬り付けた。だが、爆風と石の破片――その両方を回避することは難しく、俺の体には一つまた一つと生傷が増えていく。

「はぁはぁ……っ」

「貴様がいくら努力したところで、結局『天性の才能』には届かない。今の有様を見ろ――魂装一つで戦局は一変しただろう？　残念だが、これが現実だよ」

クロードさんは多くの鳥に囲まれながら、憐憫の眼差しを向けた。

きっともう勝利を確信しているのだろう。

（くそ。間合いさえ、間合いさえ詰められれば……っ）

歯を食いしばりながら、彼女の頭上で待機する梟を睨み付けた。

俺がわずかでも接近する兆しを見せれば、彼女はすぐさま梟で防御態勢をとる。

（……本当に、厄介な魂装だ）

近寄れば、梟の大規模爆破。距離を取れば、素早い燕と烏の連続小規模爆破。

さらに爆弾は、ほぼ無限ときた。

（……参った。このままじゃ、ちょっと勝てないな……）

彼女の能力は、魂装を持たない俺と相性が悪過ぎた。

何かしらの打開策がないかと、周囲に目をやるが……。あいにくここは、舞台の上だ。

爆発を遮る遮蔽物もなければ、姿を隠す木々もない。

そうして視線だけを右へ左へと動かしていると、視界の端にリアの姿が映った。

「アレン……っ」

彼女は胸の前で両手を重ね合わせ、祈るように俺の勝利を願っていた。

こんな絶望的な状況でも、俺の勝利を信じてくれていた。

（……覚悟を、決めよう）

あの梟の爆発は、燕や烏のソレより遥かに大きい。

だけど、大同商館で見た特大の爆発よりは遥かに小さい。

（……大丈夫だ、体が吹き飛ぶ威力ではない）

――覚悟を、決めろ。

爆発に飛び込む覚悟を。痛みに耐え抜く覚悟を何よりも――生きる覚悟を！

そうして不退転の決意を固めた俺は、

「――うぉおおお！」

ただ真っ直ぐ、クロードさん目掛けて最短距離を走った。

「自棄になったか、愚か者め！」

彼女が長刀を振り下ろすと、

「フロロロロロロロ……ッ！」

梟は自らの役割を果たさんと急降下を始めた。

「ハァッ！」

迫り来る巨大な爆弾を斬り付けたその瞬間、まばゆい光が溢れ出す。

（……っ）

コンマ数秒後、確実に訪れる激痛に足がすくんでしまう。

（……怯えるな！　進め、前へ……！）

自らを鼓舞し、光の中へと踏み込んだ次の瞬間――大爆発が起きた。

熱波が爆風が石の破片が、嵐のように全身を打ち付ける。

硝煙が巻き上がり、視界が完全につぶされた。

「ちょ、直撃……!?」

「お、おいおい……死んだんじゃねぇか？」

「あの大爆発だ……無理もねぇ」

これは観客のどよめきだ。

「あ、アレン……？　嘘、だよね……？」

これはリアの震えた声だ。

「だから、降参しろと言ったのだ。……愚か者め」

そしてこれが――クロードさんの声だ！

硝煙で視界の通らない中、俺は声だけを頼りに彼女の位置を摑んだ。そして、

「――まだ、終わっていませんよ？」

「なっ!?」

立ち込める硝煙を一気に突き抜けた俺は、反撃の狼煙をあげた。

「八の太刀――八咫烏ッ！」

「ぐっ!?」

二発の斬撃が肩と足を捉え、クロードさんは苦悶の表情を浮かべる。

「き、貴様……不死身か!?」

「いいえ、さすがに少し効きました……よっ！」

言葉を交わしながらも俺は果敢に剣を振るう。

「くっ⁉」

それに対し、彼女は防戦一方となった。

（よし……！　間合いさえ詰めれば、圧倒的にこちらが有利だ……！）

（くそ。ここまで接近されては、爆弾が使えない……っ）

〈無機の軍勢〉能力は、操作と爆発。ともに中遠距離での戦闘を得意とするものだ。

さらにその得物である長刀は中距離を制する武器であり、ここまで接近されれば、そう簡単には切り返せない。

（勝負は今……！　このまま一気に攻め落とす……！）

「五の太刀――断界ッ！」

大振りの一撃を繰り出そうとしたその瞬間、クロードさんは笑みを浮かべた。

「弱点の接近戦は、既に対策済みだよ」

彼女がパッと右手を開くとそこには、

「ピーッ！」

小石で作られた小さなインコがいた。

（隠し持っていたのか……⁉　だけど、このサイズの爆発なら問題ない！）

「はぁあああ！」

俺が必殺の一撃を振り下ろしたその瞬間、

「ピィイイイイッ！」

インコの体から眩い光がほとばしり、視界が白一色に染めあげられた。

こいつは爆弾ではなく、閃光弾だったのだ。

「くっ⁉」

暴力的な光に視界を奪われた俺は、大きな隙を見せてしまう。

「――そこだ！」

クロードさんは、がら空きになった俺の腹部に斬撃を放つ。

「がは……っ⁉」

鋭い痛みが走り、俺は咄嗟に後ろに飛び退いた。

明滅する視界が徐々にはっきりとしていき、すぐさま切られた傷の具合を確認すると、

（……え？）

不思議なことに傷は浅かった。

（切り損じたのか……？　それとも踏み込みが甘かったのか？）

なんにせよ、彼女のミスに救われた。そうして俺が胸を撫で下ろしていると、

「き、貴様、日ごろから鉄でも食べているのか……!?（剣が通らない……だと!?　あり得ない、なんて硬い皮膚だ……っ。そもそもあの大爆発を受けて無傷だと!?　身体強化系の魂装……いや、その気配はない。くそ……いったいどんな魔法を使ったんだ!?）」

何故か顔を青くしたクロードさんは、よくわからないことを叫んだ。

「何を言っているんですか？　鉄は食べ物じゃありませんよ？」

鉄を食べる人なんて聞いたことがない。

「では、いきますよ」

そうして俺が一歩前へ進むと、

「……っ」

クロードさんは一歩後ろへ後ずさった。

彼女の顔色は悪く、先ほどまで浮かんでいた余裕の色は消え去っている。

（爆発にはもう慣れた）

〈無機の軍勢〉の力が弱っているのか、それとも俺の体が爆発に適応したのか。梟の大爆発を受けても、思っていたほどのダメージはなかった。今なら燕や烏の連続爆破を受けても、多分傷一つ負わないだろう。

（恐れるものは何もない……！）

後は、ただひたすらに攻めるのみだ！

■

クロードさんの〈無機の軍勢〉を打ち破った俺は、

「はぁああああああ！」

この戦いに決着を付けるべく走り出した。

「ち、近寄るな……！」

彼女はそれを阻むべく、慌てて大量の爆弾を作り――こちらへ向けて一斉に放つ。

「「「「チーチチチチチッ！」」」」

「「「「クワァアアアーッ！」」」」

二十を超える燕や烏の群れ。

「ハァッ！」

俺はそれを次々に切り捨てていく。小規模な連続爆破が全身を撃つが、熱波も爆風も石の破片もなんの痛みも感じない。

「この……化物が……っ」

爆弾が通用しないとわかったクロードさんは、純粋な切り合いを挑んできた。

強力な一撃が持ち味の覇王流と体重を乗せやすい長刀の組み合わせは強力だ。

だが、単純な剣術と身体能力ならば――俺が勝る！

「――そこだ！」

「ぐっ⁉」

俺の放った切り上げが、クロードさんのガードを崩す。剣こそ手放さなかったものの、彼女の両手は完全に上がり切り、がら空きの胴体を晒した。

「しまった⁉」

目前にはがら空きになったクロードさんの胴体。

「これで終わり……なっ⁉」

とどめの一撃を放とうとしたそのとき、『異変』を感じた。

俺は慌てて跳び下がり、手元に視線を落とす。

「な、なんだこれは……⁉」

見れば、刀身の根元は酸で溶かされたようになっており、今にも折れてしまいそうだった。

耳を澄ませば……剣の内側からシュワシュワという異音が聞こえる。

（い、いったい何が起こっているんだ……っ⁉）

俺が困惑している間にも剣はみるみるうちに溶けていき、そしてついに――刀身部分がポトリと地面に落ちた。もはやこの剣は使い物にならない。

（これもクロードさんの魂装の能力なのか……!?）

……いや、違う。

よくよく見れば、刀身の中に白い粉末状の『何か』が仕込まれていた。

（こんなことをする人は『あの人』しかいない……っ）

俺がバッと顔を上げれば——特別観覧席に座るグリス陛下がグニャリと顔を歪めた。

（ぐはははは……！　やっと気付いたか、愚か者め！　貴様の剣には『熱』に反応し、強い酸を発する劇薬が仕込まれている！　クロードの爆弾との相性は最高だ！　——ふふっ、だから言っただろう？　『貴様が勝つことは絶対にあり得ん』となぁ！）

この反応……やはりこの仕込みは、陛下が指示したことのようだ。

（くそ。勝つためならば、ここまでするのか……っ）

俺が視線を戻せば、クロードさんは複雑な表情を浮かべていた。

（……陛下の仕業、か。おそらく控室にあった全ての武器に仕込んでいたのだろう……）

こちらの視線に気付いた彼女は、弱々しく口を開いた。

「……このような卑怯な手で勝つのは、私の望むところではない」

そして、

「だが、この身は既にリア様へ捧げたもの……っ。殿下を守るためならば、たとえどんな卑怯なことでもやってのけよう……！」

彼女は覚悟を決めた顔で、はっきりとそう言い切った。

「ええ、それでいいと思います」

俺には俺の覚悟があるように、クロードさんにはクロードさんの覚悟がある。

「アレン、貴様は本当によくやった。私の想像を遥かに超える優れた剣士だった。だが、剣を失った今……もう勝ちの目はない。――諦めて降伏してくれ。卑怯な私とて、素手の相手に斬り掛かりたくはない……っ」

彼女はバツの悪い表情を浮かべたまま、長刀の切っ先をこちらへ向けた。

（確かに、剣を失ったこの状況で俺の勝利は絶望的だ）

だが、

「クロードさん。剣がなくなったぐらいで、俺が諦めると思いますか？」

それがどうした？

俺はこれまで、圧倒的な不利な状況で戦い続けてきた。

グラン剣術学院でのドドリエルとの決闘。天才剣士と落第剣士、両者の間には隔絶した差があった。

大五聖祭でのシドーさんとの死闘。天性の身体能力と強力な魂装、遥か格上の相手だ。

部費戦争での会長との一騎打ち。純粋な剣術の技量には、大きな差があった。

（いつだって俺は挑戦者、無謀な戦いばかりだった……）

今回だってその延長線上のことに過ぎない。

「アレン、もういい……。もう十分だよ……っ。剣なしでクロードと戦うなんて自殺行為よ……！　これ以上、あなたが傷付くのを見たくない……っ」

舞台の下で戦いを見守っていたリアは、目元に涙を浮かべてそう叫んだ。

「……なぁリア、一つ聞いてもいいか？」

「な、なに？」

「リアは、どうしたい？」

「……え？」

「俺は……君と一緒にいたい。これからもずっと、互いの剣術を高め合いたい」

自分の望みをはっきりと口にした俺は、静かにリアの回答を待った。

「わ、私も、アレンと一緒にいたい……っ。ずっとずっと一緒にいたい……！」

彼女は大きな声で、はっきりとそう言ってくれた。

「そうか……ありがとう」

十分だ。俺が戦う理由は、これでもう十分だ。

「……行きますよ、クロードさん」

「貴様、正気か……？」

「はい。俺はあなたに勝ち――リアとの生活を手に入れます。何があろうと絶対に……！」

たとえどれほど絶望的な状況だろうと絶対に諦めない。

十数億年の修業を乗り切った俺は、諦めないことの大切さを誰よりも知っているつもりだ。

「相手が素手だろうが、向かってくる敵に容赦はしないぞ？」

「ええ、望むところです」

俺とクロードさんの視線が交錯し、彼女は静かに首を横へ振った。

「……私も見る目がないな。前言を撤回させてもらおう。お前は剣士として、何より一人の『男』として尊敬に値する！」

彼女は手放しの称賛を口にすると、

「貴様のその心に応え、我が最強の剣で迎え撃とう！」

長刀を水平に構えて切っ先をこちらに向けた。張り詰めた空気が大闘技場を支配する。

そして、

「うぉおおおおおお……！」

「はぁあああああぁ……！」

俺とクロードさんは同時に駆け出した。

「はぁっ！」

俺は渾身の右ストレートを繰り出し、

「覇王流奥義――覇龍刃王撃ッ！」

彼女は長刀の利を存分に活かした袈裟切りを放った。

互いの想いを載せた一撃が交差する。

だが、

(……くそっ)

やはり……届かない。右腕と長刀、射程の差は歴然だ。

俺の拳が届くより先に、彼女の剣が俺を切り捨てるだろう。

「アレン……っ」

悲鳴のようなリアの声が聞こえた。

(まだだ……まだ、ここからだ……っ)

腕を伸ばせ。地面を蹴れ。全ての力を絞り出せ……！

(早く速く倏く迅く疾く……！)

コンマ数秒の──刹那の先へ！

絶対に……勝つ……！

「うぉおおおおおおおッ！」

「っ⁉　(馬鹿な、この状態から加速⁉　避け──無理だ。防御？　不可能。……死？

──いや、まだだ！)」

お互いの一撃が交差したその瞬間、

「爆ぜろ──〈無機の軍勢〉ッ！」

彼女はなんと自らの魂装を爆発させた。

「くっ⁉」

「がは……っ⁉」

突然の大爆発により、俺たちは大きく吹き飛ばされた。

「……っと」

既に爆発に慣れた俺は、素早く受け身を取って体勢を立て直す。

一方のクロードさんは……あまりの衝撃に受け身が取れなかったのだろう。石畳の上をボールのように転がっていた。

「はぁはぁ……っ。ぐっ……」

彼女は肩で息をしながら、震える足でなんとか立ち上がる。

（何故あそこで自爆を……？　判断ミスか……？）

俺に対して爆発が有効打になり得ないのは、彼女もよく知っているはずだ。

実際、俺は今の大爆発を受けてもほぼ無傷。その一方で熱波と爆風を浴びたクロードさんは、息も絶え絶えといった様子だ。その体にはいくつもの裂傷ができており、かなりのダメージを受けたのは明らかだ。

それに何より、彼女の長刀は真っ二つに折れてしまっている。

（とにかく、これはチャンスだ……！）

千載一遇の好機をものにすべく、握りこぶしを固めた次の瞬間、

「……降伏する」

「……え？」

「……貴様の勝ちだ、アレン＝ロードル」

クロードさんはそう言って、折れた長刀を手放した。

「こ、ここで決着ッ！　クロード＝ストロガノフが降伏を宣言しました！　よって本日のスペシャルマッチの勝者は――アレン＝ロードルに決定です！」

実況が勝敗を高らかに宣言すれば、観客席から小さな拍手が起こった。

それは次第に大きくなっていき、最終的には地鳴りのような巨大なものへ変わった。

「すげぇよ……っ。とんでもねぇ、戦いだったぜ……！」

「あぁ、間違いない。これまでで一番の決闘だった！」

「やるじゃねぇか、アレン＝ロードル！」

拍手と指笛の混ざった、とてつもない大歓声が巻き起こった。

こうして俺は、グリス陛下の放った三人の剣士を見事打ち破ることに成功したのだった。

■

グリス陛下との賭けに見事勝利した俺たちは——その後ヴェステリア城へ帰り、陛下と会談の場を持つことになった。

現在、玉座の間には沈痛な面持ちで玉座に腰掛けるグリス陛下。城内の医務室で手当てを受け、各所に包帯を巻いたクロードさん。それから俺とリアの四人のみが集まっている。

すると先ほどから心配そうに俺の体を見ていたリアが、ポツリと口を開いた。

「ねぇ、アレン。その体……本当に大丈夫なの？」

「あぁ。どこも痛くないし、多分大丈夫だと思うぞ」

ヴェステリア城に到着してすぐに、俺とクロードさんは医務室へ運び込まれた。

彼女は最後の自爆が響いたようで、体のあちこちに打撲と裂傷があり、一週間は安静にするよう言い付けられていた。その一方で俺は、体中のどこを探してもかすり傷一つ見つからず、何の処置も受けないまま帰された。

(確か最初の方に、いくつかの傷を負ったと思ったんだけれど……)

けど現実には、俺の体には何の傷跡もない。

(うーん……。不思議なこともあるもんだな……)

俺がそんなことを考えている間も、

「……」

「……」

陛下とクロードさんは一言も言葉を発しなかった。

玉座の間はシンと静まり返り、重苦しい空気が流れる。

このままずっと黙っていても仕方がないので、俺から話を振ることにした。

「グリス陛下。昨日も申し上げました通り、大きな誤解が――」

「――よい、みなまで言うな」

彼はそう言って、俺の話を遮った。相も変わらず、全く話を聞いてくれない人だ。

「ちょっと、お父さん！　アレンの話をちゃんと聞いてよ！　というかその前に、あの『ふざけた剣』はなんなの？　しっかりと説明してほしいんだけど？」

　リアは溜まった不満を一気に吐き出すように、矢継ぎ早にそう問い詰めた。

「あ、あれはだな……。その……っ」

「なに？」

　凍てつくようなリアの視線を受けた陛下は、

「……ゴホン。ときにアレン＝ロードルよ」

　彼女の追及から逃れるため、こちらへ話を振ってきた。

「な、なんでしょうか？」

　国王陛下の呼びかけを無視するわけにはいかない。俺がとりあえず返事をすれば、

「ちょっとお父さん、都合のいいときにだけアレンを利用しないでくれる？」

　額に青筋を浮かべたリアは、淡々とした口調で陛下を問い詰めた。

「ま、まぁまぁ、リア。俺はもう気にしてないから落ち着いて……な？」

「アレンがそう言うなら、私は黙るけど……。あなたはいつも優し過ぎよ……」

　彼女は不平を漏らしながらも、ひとまずは落ち着いてくれた。すると、

「幾度の試練を乗り越え、よくぞ『次期ヴェステリア最強』であることを示した。その行いに敬意を表し……認めよう」

陛下は目をつぶり、静かにポツリと呟いた。

「お前とリアの……。こ、恋人関係を認めてやろう……っ」

「「……え？」」

俺とリアは同時に顔を見合わせた。

聞き間違いでなければ、陛下は今『主従関係』ではなく『恋人関係』と言った。

（これって、もしかして……？）

『とある可能性』に気付いた俺は、すぐさまクロードさんの方に目を向ける。

すると――こちらの視線に気付いた彼女は、プイと視線を明後日の方へ目をそらした。

（く、クロードさん……！）

どうやら最初に陛下へ報告した際『奴隷』という言葉を伏せ、『恋人』という形で伝えてくれていたようだ。

（でも、そうなると……。この人は娘に恋人ができたというだけで、あそこまで怒り狂っていたのか……）

ちょっと過保護過ぎじゃないだろうか？

一瞬そんな考えが脳裏に浮かんだが、すぐにそれは軽率な考えだと切り捨てた。

（まだ学生の俺では、娘を持つ父親の気持ちなんてわかるわけがない……）

陛下のことを『過保護』と決めつけるのは、あまりに早計だ。

俺がそんなことを考えていると、

「だがな、全てを認めたわけではないぞ！　清く美しい交際関係を認めただけだ！　決して、決して……肉体関係を認めたわけではないからな⁉」

彼は激昂して立ち上がり、とんでもないことを口にした。

「も、もちろんですよ！」

「ちょ、ちょっとお父さん！　大きな声で何を言ってるの⁉」

俺とリアは顔を真っ赤にしながら叫ぶ。

「……ならばよい。とにかく、これだけは忘れるなよ？　儂は貴様を認めたわけでもなければ、リアが恋人を作ることに納得したわけでもない！」

陛下はさらに続ける。

「当然、明日には千刃学院へと帰ってもらうつもりだ！　――クロード！」

「はっ！　いつでも出立できるよう、既に専用機の準備は整っております！」

「うむ、よくやった」

クロードさんの返答に満足した陛下は、深く頷いた。

どうやら俺は、明日の朝には千刃学院へ帰されるらしい。

（……俺は今、夏休み中だよな？）

ここ数日、飛行機を乗り回して世界中を飛び回っている気がする。

（下手をすれば……。いや……これはもう断言していいだろう）

普通に学院へ通っているときよりも遥かにハードな毎日を送っている、と。

（あぁ……。早く夏休みが終わらないかな……）

そんな普通の学生と真逆のことを考えながら、俺はリアと一緒に玉座の間を後にしたのだった。

■

アレンとリアが立ち去り、静かになった玉座の間でグリスは大きくため息をついた。

「くそ、もっと直接的な『仕込み』をしておくべきだった……っ。覚えていろ、アレン＝ロードル……！　次の機会は劇薬なんぞではなく、爆薬を仕込み……その腕を吹き飛ばしてくれるわ……！」

アレンへの怒りをたぎらせる彼は、固く握った拳を玉座に叩き付けた。

彼の荒れた様子を目にしたクロードは、腹の底から絞り出すようにして口を開く。

「……申し訳ございません、陛下。リア様専属の親衛隊隊長を任されながらこの失態。……いかなる罰をも受ける所存でございます」

しおらしく頭を垂れるクロードを見たグリスは、ずっと気になっていた疑問を口にした。

「クロードよ。あのとき、いったい何があったのだ？　儂の目には、お前が判断を誤って自滅したようにしか見えんかったぞ？」

絶対的優位な状況にいたクロードが、突如〈無機の軍勢〉を自爆させたことを彼は問うた。

それに対して彼女は「言い訳がましく聞こえるかもしれませんが……」と前置きしたうえで、はっきりと言い切った。

「あの判断に関しては、間違いなく英断でございました」

「……続けろ」

「もしもあそこで私が判断を誤り、アレン＝ロードルに斬り掛かった場合……。私はおそらく――いえ、確実に殺されていたでしょう」

彼女の口から飛び出した予想外の発言にグリスは目を剝いた。

「どういうことだ？　わかるように説明をしろ！」

「はっ！　私の剣が彼を切り捨てんとしたあのとき、試合中は微塵も感じなかった彼の霊核が一瞬だけ表層に出てきました。白い髪の凶悪な顔をした男……今、思い出しただけでも身の毛がよだちます。アレ、アレは――アレン＝ロードルの霊核は、正真正銘の化物です」

彼女の真に迫った声は、玉座の間に大きく響いた。

「ぬぅ……。お前がそこまで言い切るほどの霊核か……。私見で構わん。その『格』のほどを述べてみろ」

そう問われたクロードは、逡巡しながらも重たい口を開いた。

「……最低でも、リア様の原初の龍王と同格であると思われます」

「そ、それは現在の封印状態と同格ということか!? それとも『覚醒した原初の龍王』と同格ということか!?」

「……覚醒した原初の龍王と同格でございます」

これにはたまらず、グリスは立ち上がって声を荒げた。

「ば、馬鹿な……っ。あんな小僧の中にそれほどの霊核が……!? クロード、お前の勘違いではないのか!?」

「陛下……大変申し上げにくいのですが、最低でも原初の龍王クラスでございます。下手をすれば、それを上回るやもしれません」

「じょ、冗談や嘘ではないのだな!?」

「はい」

クロードの真剣な顔つきから、今の話が真実であると理解したグリス。

「まさか、そんなことが……っ」

彼はブツブツと何事かを呟きながら、玉座に深く座り込んだ。

「……そういえば。あやつとリアの恋人関係を漏らしたのは、確かあのレイアではなかったか？」

「はい、その通りでございます」

グリスは顎に手を添え、思考を巡らせた。

「なるほどな……。……あの小娘、謀りおったか！」

「……？」

発言の意図を理解できなかったクロードは、黙って首を傾げた。

「わざとこちらに情報を漏らして儂を誘い、アレン＝ロードルという大きな釘を刺してきたのだ！　嫌な一手を打ってきおる。お茶らけたように見えて本当に食えん奴だ……っ」

忌々し気にそう呟いたグリスは、強く歯を食いしばる。

（くそ、どこまで掴んでいる……!?　上手くやれば、アレン＝ロードルをこちらに引き込めるか？　それとも既にレイア側の傀儡か？　なんにせよ、『計画』を急がねばならん……っ）

「とにかく――あちらが原初の龍王クラスの手札を握っている以上、こちらも国防を強化せばならん！」

「おっしゃる通りでございます」

「王室守護騎士に与えた任務はどうなっている？」

「先ほど受けた報告によると、ヴェステリア王国内で発見された霊晶丸の製造工場は破壊完了したとのことです」

「首謀者である黒の組織は？」

「残念ながら、そこは既にもぬけの殻だったようでして……。製造されたはずの大量の霊晶丸、首謀者である黒の組織の行方は、全く掴めていないとのことです」

「ぬぅ……。逃げ足の速い奴等め……っ」

大きく舌打ちをしたグリスは、すぐに思考を切り替えて次の命令を下す。

「……まぁよい。二人……いや、三人ほどヴェステリア城へ帰還させ、残りは引き続き黒の組織を追うようにと連絡しておけ」

「はっ、かしこまりました！」

グリスの勅命を受けたクロードは、すぐさま行動に移した。

その後、広い玉座の間にただ一人残ったグリスは、その立派な髭を揉みながら思案にふける。

「原初の龍王クラスの霊核、か……。アレン＝ロードル、あやつもしや破壊の──いや、これは考え過ぎか……」

■

グリス陛下との会談を終え、玉座の間から退出した俺は、ようやくホッと一息つくことができた。

「ふぅ、助かった……。クロードさんには感謝しないとな」

もしも彼女がリアとの主従関係をそのまま報告していたら……多分、もっと面倒な事態に発展していただろう。

「うーん……でも、お父さんにあることないこと吹き込んでいたみたいだし……。素直に感謝はできないわね……」

リアはあまり納得がいっていないようで、腕組みをしながら不満を漏らしていた。

「あはは、手厳しいな」

「さっきも言ったけど、アレンはちょっと優し過ぎよ？　……まぁ、そこがいいところでもあるんだけど」

二人でそんな話をしながら、俺たちは一度城から出た。

そうしてしばらくの間、人混みに紛れながら大通りを歩いていると、

「ね、ねぇ……アレン。お父さんは私たちのことを……こ、恋人同士だと思っているんだよね……？」

リアは恐る恐るといった様子で、確認するように問うてきた。

「さっきの話だと、そうみたいだな」

「だったら、その……『恋人らしいこと』とかしておかないとさ……？　ちょっと不審に思われたりしないかな？」

「……なるほど、確かにそれはあるな」

俺が頷いたその瞬間、

「で、でしょ!?」

何故か彼女は食い気味でそう言った。

「あ、あぁ……。でも、恋人らしいことって……なんだろう？」

大っぴらに言えることではないが、俺はこれまで女性と付き合った経験が一度もない。

というか、男女問わず同年代の友達ができたのだって、千刃学院に入ってからが初めてだ。

「じ、実は私にいい案があるんだけど……聞いてくれる？」

「あぁ、ぜひ聞かせてくれ」

すると彼女は何故か深呼吸をして呼吸を整え、

「そ、その……で、デートしよっか……？」

頰を赤らめながら、どこか上擦った声でそう言った。

■

リアの誘いを受けた俺は、今日一日ヴェステリアでデートをすることになった。

時刻は昼の一時。まだお昼ごはんを食べていなかったので、観光も兼ねて食べ歩きをすることにした。

「あっ、見て見て、アレン！　じゃがバターが売ってるわ！　一緒に食べましょう！」

早速好みの食べものを見つけたリアは、目を輝かせながら露店の一つを指差す。

「あぁ、いいぞ」

「やった！」

俺がコクリと頷くと、彼女は花が咲いたような笑みを浮かべて駆け出した。

「すみません、じゃがバター二つください！」

「あいよ、まいどあり！　って、リア様じゃないかい⁉」

露店の店主は、青い法被を羽織ったクマのような女性だった。

ポーラさんより一回り小さいぐらいだろうか。――つまり、とても大きい。

するとクマのような店主は、

「おや？　そっちのかっこいいのはもしかして……彼氏さんかい？」

ニヤリと笑みを浮かべながら、そう問い掛けてきた。

「え、えーっと……っ」

俺は咄嗟に返事をすることができなかった。

（これは、どう答えるべきだろうか……っ）

現状、グリス陛下の勘違いによって俺たちは恋人関係ということになっている。

だけどこれは、俺たちと陛下の間で交わした話だ。

（一国の王女との恋人関係……。あまり広めてはいけない話ではないだろうか……？）

そうして様々な考えを巡らせていると、

「え、えへへ……。実はそうなんですよ……っ」

リアは顔を赤くしながらそう答えた。

「くぅ、あんな小さかったリア様ももうそんなお歳か……っ。とにかく、こりゃめでたいね！　よし、サービスで一個追加しとくよ！」

「ありがとうございます！」

その後、俺たちはじゃがバターを受け取って露店から離れた。

「い、言っちゃった……っ」

「大丈夫なのか？」

「う、うん。大丈夫よ……きっと！」

それから俺たちはいろいろな露店を巡って、様々なものを食べ歩いた。

「それにしても……はむっ。自分でこっちに呼んでおいて……んーっ！　用が済んだら帰れって……っ！　お父さん、ほんとに勝手なんだから！　もう……おいしいね、アレン！」

リアはイチゴアイスを食べながら、グリス陛下への怒りとアイスの感想が入り混じった話を振ってきた。

「あぁ、おいしいアイスだな。えーっと……それにほら、あまり長居しているとグリス陛下の気が変わりかねないしさ？　考えようによっては、明日ここを発つというのも悪くないぞ？」

俺が一つ一つ丁寧に返答すると、

「それは……あり得るわね……。うん、絶対に明日帰りましょう！」

リアは納得してくれたようでコクリと頷いた。

そんな風に二人で楽しくヴェステリアでの食べ歩きを満喫していると、

「あっ、見えてきたわ。あれがうちの観光名所の一つ『国立ヴェステリア博物館』よ」

彼女は遠目に見える大きな建物を指差した。

「おぉ、これはでかいな！」

国立ヴェステリア博物館。神殿を思わせるような建築様式。高さは三階建てほどだが、とにかく横に広い。単純な面積だけならヴェステリア城を上回るだろう。

「さっ、入りましょう」

「あぁ」

特に入場料はいらないらしく、俺たちは正面の入り口をくぐり中へ入った。

館内にはたくさんの観光客がいたけれど……。博物館自体がとても大きいこともあって、それほどの圧迫感はない。これなら落ち着いて展示品を見ることができそうだ。

「それにしても『博物館』か……。実際に来るのは初めてだな……」

「へぇ、そうなんだ。……よし！　だったらこのリア先生が、アレンに展示品の説明をしてあげましょう！」

「ふふっ、それはありがたいな」

それから俺は、リアと一緒に様々な展示品を見て回った。

「――実はこの奇妙な絵は、作者であるヘンリーが目隠しをしながら描いたと言われているわ。だからほら、額縁にもいろいろな色が付いちゃってるでしょ？」

「おぉ、ほんとだ」

幼いころから英才教育を受けたリアは、芸術方面の知識も豊富だった。

浅過ぎず深過ぎず——適切な量の説明をしてくれたので、とても楽しむことができた。

きっと俺の関心具合を見て、話す量を調節してくれているんだろう。

そうして様々な展示品を見ながら、博物館の中を歩いていると、

「……っ」

一つ、とても気になるものを見つけた。

龍(りゅう)や狼(おおかみ)など合計七体の獣(けもの)と美しい桜が描(えが)かれた、不思議な魅力(みりょく)に満ちた壁画(へきが)だ。

大広間の真ん中に飾(かざ)られているのに、誰(だれ)もこの作品を見ようとしないのが少し奇妙だった。

「なぁ、リア。この壁画はどういう作品なんだ？」

「あぁ、これね。制作者、制作年月、制作場所——全(すべ)て不詳(ふしょう)。正真正銘(しょうしんしょうめい)『謎(なぞ)の壁画』よ」

「な、謎の壁画……」

「そう。ここの定める展示基準を満たしていないのに、何故か大昔からずっと飾られているんだって。昔、お父さんに『どうしてこんないい場所に、誰も見ない絵を飾るの？』って聞いたんだけど……。はぐらかされちゃった」

リアはそう言って肩を竦めた。

「へぇ、グリス陛下お気に入りの絵ってことなのかな？」

「うーん、それがそういうわけでもなさそうなのよね。視察とかで、一緒にここへ来ることが何度かあったんだけど……。そのときはいつも、この絵を睨み付けていたの……」

「そ、そうか……。本当に謎の壁画だな……」

それから俺たちは多種多様な展示品を楽しみ、博物館を出る頃には既に夕暮れとなっていた。

「ふぅー……っ」

「んー……っ」

長い間部屋の中にいたので、お互い同じタイミングで伸びをした。

「ふぅ……ありがとう、リア。おかげでとても楽しかったよ」

「ふふっ、それはよかった」

夕焼けに照らされた彼女の笑顔は、とても綺麗だった。

「さ、さて……っ。もう日も暮れてきたし、そろそろ帰ろうか」

「あっ、ちょっと待って。最後にもう一か所だけ行きたいところがあるんだけど……いいかな？」

「あぁ、今度はどこへ連れて行ってくれるんだ？」

「それはもちろん――『希望の丘』よ！」

■

それから俺はリアの案内で、首都アーロンドを真っ直ぐ突き進んだ。

平坦な道をしばらく歩き、穏やかな坂道を上れば――目的地である希望の丘へ到着した。

「ふぅ、ここか……」

既に日も落ちたというのに、そこには大勢の人が集まっていた。

「ほらほら、こっちよアレン！」

「あぁ」

リアに呼ばれて、丘の切り立った方へと向かった俺は、

「……っ」

眼前に広がる美しい光景を前に、思わず言葉を失ってしまった。

「……綺麗ね」

「……あぁ、こんなに凄い景色を見たのは初めてだ」

漆黒の闇に浮かび上がるいくつもの明かり。

露店の明かりに蛍光灯の光、それから大通りを歩く人たちが持つ提灯の明かりが、まる

で生き物のように動いていた。

（自然の美とは種類こそ違うけど、こういうのもまた『絶景』と呼ぶんだろうな……）

そうして二人で美しい景色を堪能していると、

「――ありがとね」

リアは突然お礼を口にした。

「え？」

「アレンが私のために戦ってくれて、とっても嬉しかった。アレンのおかげで、私はこれからもあなたと一緒に暮らせる。だから――ありがとう」

「あぁ、どういたしまして」

思い返せば、本当に慌ただしい三日間だった。

夏合宿が終わって一息つけると思ったら、突然クロードさんから襲撃を受け、その翌日にはヴェステリアへ。当日は昼食を挟んですぐにグリス陛下と謁見。大闘技場での決闘が決まり、深夜にはクロードさんの裸を……これは忘れよう。

そして今日――陛下の送り出した三人の剣士を打ち倒し、リアと一緒に千刃学院で剣術を学べることが決まった。

（さすがにそろそろ一息つきたいな……）

肉体的に、というよりも精神的に疲れている。俺がそんなことを考えていると、

「うちのお父さん……どうだった？」

リアは、とても回答に困る質問を投げ掛けてきた。

「え、えーっと……」

いろいろと特徴的な人だったけれど、一言で言うならば間違いなくこうだろう。

「そうだな……。リアのことをとても大事にしている人だった」

「あはは、そうだね。ちょっと行き過ぎちゃうところが玉に瑕だけど……」

「うん、そこはノーコメントにしておくよ」

こんなに人がたくさんいるところで、一国の王様の悪口を言うのは憚られた。それから
ぼんやりと美しい景色を二人で眺めていると、リアが小さな声で語り始めた。

「あのね……。実は私のお母さん……私を産んですぐ亡くなっちゃったんだ……」

「……そう、なのか」

突然の深刻な話に驚きながらも、俺はなんとか返事を返した。

「うん……。お母さんは元々体が弱くて、出産の負担に耐えられなかったんだって……。

だから、私はお母さんの顔も写真でしか知らないの……。とても明るくて強い人だったっ
て、お父さんは言っていたわ」

「そうか……」

「これは古くから仕えてくれている人に聞いたんだけど……。お父さんは、お母さんが亡くなる直前『生まれてくる子どもは、どんなことをしても絶対に守る！』って約束したんだって……。多分それで、ちょっと過剰なぐらいに私のことを大事にしていると思うの」

「……なるほどな」

亡くなった王妃――妻の分も合わせて、リアへ愛情を注いでいるということか。

それならあの溺愛の仕方にも納得がいく。

「今回の件は――アレンの剣に仕込みを加えたのは、百パーセントお父さんが悪いわ……。でも、それは私を大事に思うあまりの行動で……。だからなんというか、その……アレンにはお父さんのことを嫌って欲しくないなって……」

「あぁ、わかった」

どうやらリアは家族思いの、本当に心の優しい子のようだ。

「ありがと……。でも、ごめんね……なんか急に湿っぽい話しちゃって……」

「大丈夫、そんなこと気にしなくていいよ」

俺が優しくそう語り掛けると、リアはもう一度「ありがと」と呟いた。

「……なんでだろうな。アレンには、知ってて欲しかったの。……ちょっと、重たいよね？」

「いいや、そんなことはないさ。リアのいろいろなことが知れて嬉しいぐらいだ」

それから俺は、自分のことを語り始めた。

(『お返しに』というのとは、少し違うけれど……)

俺もリアには、自分のことを知って欲しいという思いがあった。

「それに……俺も一緒だからさ」

「……え？」

「俺の場合は、父さんがいなくてさ。俺が生まれてすぐ、流行り病で亡くなったそうだ」

「……そう、なんだ」

リアは少し驚いた様子でこちらを見つめた。

「母さんは女手一つで、俺をここまで育ててくれたんだ。毎日毎日身を粉にして働いてくれて……とても感謝している」

「そう……。きっと強い人なのね」

「あぁ、尊敬している」

そうして俺が話を終えて少ししたところで、リアがポツリと呟いた。

「……アレンのお母さんか。今度ご挨拶に行きたいな」

「気持ちは嬉しいけど、とんでもない田舎だからきっと驚くぞ？　なんと言っても、人より家畜の方が遥かに多いんだからな」

「ふふっ、大丈夫よ。アレンの生まれ育ったところなんだから、きっと素敵なところに決まっているわ」

「そうか。リアが気に入ってくれると俺も嬉しいよ」

その後、

「……」

「……」

二人の間に沈黙が降りた。

だが、息苦しさはない。

お互いがお互いを理解し合うための優しく温かい沈黙だ。

その数分後、

「……ねぇ、アレン。せっかくだし、お願いごとしよっか？」

リアはそんな提案を持ち掛けた。

「お願いごと……？　そういえば、希望の丘は『どんな願いも叶う』と言われているんだっけか？」

千刃学院からヴェステリア王国へ移動するとき、彼女がそんな話をしていたのを思い出した。

「そうよ。ほら、あそこに大きな木が見えるでしょ？」

「えっと……あぁ、アレか」

リアの指差した先には、天辺が見えないほど背が高い一本の大木があった。

「あの木は数億年も前から生えていると言われているの。……ほんとかどうかはわからないんだけどね」

「へぇ、そうなのか……」

数億年、か……。

（きっとこの木も……苦労したんだろうなぁ……）

俺は人生で初めて、木に対して深い共感を覚えた。

「それでね。あの木の下で手を合わせて、自分が心の底から願っていることを念じれば――それがどんな願いでも叶うって言われているのよ」

「へぇ、それはいいな。やってみようか」

「うん！」

それから俺たちは木の根元へと移動した。そしてお互いに一度だけ目配せをしてから――静かに手を合わせて、願いごとを心の中で念じた。

（──いつまでもリアと一緒にいられますように）

（──いつまでもアレンと一緒にいられますように）

願いごとを念じ終えた俺たちは、目を開けて静かに元の場所へ戻る。

「ねぇ……」

「ん？」

「アレンは、どんなお願いをしたの？」

「んー、そうだな……。ちょっと口にするのは恥ずかしいから、秘密にしておくよ」

本人を目の前にして「一緒にいたい」と言うのは……さすがに少し恥ずかしい。

「むーっ……じゃあせめてヒント！」

「ヒントか……。まぁ強いて言うならば……リアも同じことを願ってくれていると嬉しいな、ってところかな」

すると、その答えを聞いた彼女は上機嫌に微笑んだ。

「ふふっ。もしかしたら、一緒のお願いごとかもしれないね？」

こうして俺はリアと一緒にヴェステリアでの最後の一日を過ごしたのだった。

二：新学期と一年戦争

ヴェステリア王国から帰国した後は、穏やかな夏休みを――送りたかった。

しかし、人生はそう甘くないようで大小様々なトラブルに見舞われた。

（あれはそう、リアとローズの三人で話題の映画を見に行ったときのことだ）

リアがヴェステリアへ行ったことを口走るという、とんでもないポンコツぶりを炸裂させた。結果的に仲間外れのような形になったローズは、当然機嫌を損ねてしまい……。

今度俺と二人きりで遊びに行くと約束することで、なんとかその場は丸く収まった。

その他、偶然遭遇した強盗を取り押さえたり、熱烈なストーカーと化した氷王学院のカインさんに苦しめられたり、と心休まることはなかった。

（本当に、密度の濃い夏休みだったなぁ……）

そんな過酷な休日をなんとか無事に乗り切った俺は、

「さてと……リア、忘れ物はないか？」

「ええ、ばっちりよ」

リアと一緒に千刃学院へ登校した。

新学期初日の八月一日。夏真っ盛りということもあり、厳しい夏の日差しが照り付ける。

しかし、今日は湿度が低く、おまけに風もあるので息苦しさよりもむしろ爽快だ。

ちらりと隣を見れば、リアは上機嫌に鼻歌を歌っている。

（……ヴェステリアまで行った甲斐があったな）

彼女と一緒に千刃学院へ通える。そんなごく当たり前のことが、今は本当に嬉しい。

「どうしたの、アレン？　もしかして、私の顔に何かついてる……？」

こちらの視線に気付いたリアは、ペタペタと自分の顔を触りながらそう言った。

「ふふっ。いや、なんでもないよ」

蟬の鳴く声に夏を感じながら、俺たちは教室へ向かった。

■

一年Ａ組の扉を開けるとそこには、大勢のクラスメイトの姿があった。

「おっ！　久しぶりだな、アレン！」

真っ先に声を掛けて来たのは、斬鉄流の剣士テッサ＝バーモンドだ。

「おはよう、テッサ」

片手をあげて挨拶を返すと、彼は俺の体をつま先から頭の天辺までジィッと見つめた。

「ど、どうかしたか……？」

突然のことに困惑していると、

「アレン、お前……だいぶ強くなったんじゃないか？」

　彼は少し悔しそうな顔でポツリとそう呟いた。

「そ、そうか？　自分じゃあんまりわからないな……。それにそういうテッサだって、かなり腕を上げたんじゃないか？　その手のひら、相当な素振りをしてきただろ？」

　豆がつぶれた彼の手は、明らかに一回りごつくなっていた。

「おっ、わかるか！　だがな、素振りだけじゃねぇぜ？　こちとらお前に負けないよう、かなりキツい修業をやってきたんだ。次戦うときは覚悟しとけよ？」

「あぁ、楽しみにしているよ」

　その後、

「おはよっす、アレン！」

「おはよう！　アレンくん、リアさん！」

　テッサを皮切りに、クラスのみんなが挨拶をしてくれた。

「おはよう、みんな」

「おはよ、二学期もよろしくね！」

　一通り挨拶を終えた俺とリアが、自分たちの席へ荷物を下ろしたところで――教室の後ろの扉が弱々しく開いた。

「……ふわぁ」

そこから入ってきたのは、今日も一段と眠たそうなローズだ。

彼女は頼りない足取りでこちらへ向かうと、

「ふわぁ……おはよ、アレン、リア」

欠伸をしながら、右手を小さく左右に振った。

「おはよう、ローズ。相変わらず眠たそうだな」

「おはよ、ローズ。ほんと立派なアホ毛ね……」

そうしていつもの三人が揃ったところで、キーンコーンカーンコーンと聞き慣れたチャイムが鳴り、全員がいつもの席に着く。

一か月ぶりの窓際の席。ここから見える外の風景もなんだか懐かしく感じた。

それから少しすると、ガラガラガラッと勢いよく教室の扉が開かれ、

「――おはよう、諸君！　早速、朝のホームルームを始めるぞ！」

いつにも増して元気潑溂としたレイア先生が入ってきた。

「連絡事項はあるが……。まぁ、これは帰りのホームルームでいいか。――よし、それでは早速一限を開始する！　みんな魂装場へ移動だ！」

それから俺たちは、前期に引き続き魂装の授業を受けた。クラスメイトの何人かは、も

う既に魂装を発現しており、現在はその制御と強化に励んでいる。

俺はそれを横目で見ながら、彼らの才能を少し羨ましく思ってしまった。

（……いや、そもそも俺とみんなは『才能』が違う。彼らは推薦ではなく、正真正銘自分の実力で千刃学院へ入学したエリート中のエリート。羨ましがっている暇なんかない。俺みたいな凡人は、必死に努力を重ねるしかないんだ……！）

頭から雑念を振り払った俺は、霊晶剣を静かに構える。

息を大きく吸い込み、ゆっくりと吐き出す。自分の意識を内へ内へ――魂の方へと沈めていく。そうして目を開ければ、一面枯れた荒野が広がっていた。

枯れた木。枯れた土。枯れた空気。

荒涼としたこの世界に来るのも、もう何度目だろうか。

それから俺は、巨大な岩石の上で寝転がるアイツに一声掛けた。

「よう……一か月ぶりだな」

「おぉおぉ……。性懲りもなく弱っちいのが、また来たなぁ……ぞぇ？」

凶悪な笑みを浮かべるこいつに、俺は一つだけ質問を投げた。

「なぁ……お前を倒せば、本当に魂装を習得できるんだよな？」

「おぉ、そうだ。まっ、たとえ百億年あっても、ケツの青いクソガキには無理だろうがなぁ？」

「そうか、それを聞けて安心した」

可能性はゼロじゃない。こいつさえ倒すことできれば、俺にだって魂装が使えるんだ！

「早速だが……行くぞ。一の太刀――飛影ッ！」

「はっ、しょっぱい斬撃だなぁ……ぞぇ？」

一か月ぶりの戦い。それはひどく一方的なものだった。

「八の太刀――八咫烏ッ！」

「おらおらどうしたぁ！　こんなもんかぁ……!?」

八の太刀八咫烏の直撃を物ともせず、奴は天高く掲げた拳を無造作に振り下ろす。

「が、はぁ……っ!?」

完璧に防御したにもかかわらず、その一撃は致命的なダメージを俺に与えた。

（強い……っ）

いろいろなことを乗り越えて、少しは強くなったつもりだったけど……奴には遠く及ばない。むしろ互いの実力差は、開いているようにすら思えた。

（いや、これは気のせいなんかじゃない……っ）

こいつは初めて戦った時よりも確実に強くなっている。

俺が成長するに連れて、まるで本来の強さを取り戻していくかのように……っ。

「く、くそ……っ」

限界を超えるダメージを受けた俺は、前のめりに倒れ伏す。

「はっ、弱ぇなぁおぃ……。肩慣らしにもなんねぇぞ……あぁ？」

奴はそう吐き捨てると、いつもの岩石へと飛び乗って胡坐をかいた。

「……か、体は、取らないのか？」

薄れゆく意識の中、そう問い掛ければ、

「はっ、どうせ黒拳が近くにいんだろうが……。てめぇのその弱っちい器じゃ、あんなゴミカスの一撃にすら耐えられねぇ……。せめて『初期硬直』さえなけりゃぁ、どうとでもなるのによぉ……っ」

奴は心底腹立たしそうに顔を歪めた。

（やっぱりこいつの強さは、俺の強さに依存するところがあるみたいだな……）

最後に大きな情報を手に入れた俺は、この世界での意識を完全に手放した。

「……クソガキが、まさか俺の肌に傷をつけるたぁな。ちっとは、成長してんじゃねぇか……っ」

■

気付けば俺は、現実の世界に引き戻されていた。

「はぁはぁはぁ……くそ……っ」

……遠い。魂装の習得――その道は険しく、どこまでも続いていた。

だけど、

「諦めて、たまるか……っ」

たとえどれだけ無謀なことだとしても、諦めなければ可能性はある。

「よし、もう一度だ……！」

そうして俺が再び霊晶剣を握り締めたそのとき、キーンコーンカーンコーンと授業の終わりを告げるチャイムが鳴り響く。時計を見れば、既に二時限目が終わる時間だった。

「よし、そこまで！　これより一時間は昼休憩とする！　ふむ、そうだな……。午後の授業は教室ではなく、魂装場に集合するように！　では――解散！」

それから俺・リア・ローズの三人は、名ばかりの定例会議に出席すべく、お弁当を持って生徒会室へ向かう。

千刃学院の広い校舎ももう慣れたもので、あっという間に生徒会室へ到着した。目の前の扉をコンコンコンとノックすると、

「……どうぞ」

少し間があってから、会長の声が返ってきた。

それはいつもの明るく張りのある声と違い、なんというか神妙なものだった。

「――失礼します」

どこか違和感を覚えつつも、俺がゆっくり扉を開けるとそこには――一面の暗闇が広がっていた。

「「「なっ⁉」」」

照明は消え、カーテンは閉じられている。そしてこの暗く広い部屋の最奥に、会長は一人でポツンと座っていた。書記のリリム先輩と会計のティリス先輩の姿はない。

「ど、どうしたんですか、会長……？　とりあえず電気、つけますよ？」

ひとまず部屋の明かりをつけると、

「ねぇ、アレンくん……。お話があるんだけど……聞いてくれる？」

彼女はゆっくりと椅子から立ち上がり、ゆらゆらとこちらへ近寄ってきた。

「は、はい……なんでしょうか？」

どうみても尋常の様子ではない。

（いったい、何があったのだろうか……？）

俺がゴクリと息を呑むと、

「もう私、駄目なの……っ。お願い、助けてぇ……っ！」

会長はそう言って、俺の胸にしなだれかかってきた。

「か、会長……っ⁉」

ふんわりと甘いにおいが鼻腔をくすぐり、なんとも言えない柔らかい感触が伝わってきた。自然と胸の鼓動が速くなり、どうするべきかと困惑していると、

「だ、駄目ですよ、会長！　今すぐ、アレンから離れてください！」

「過度な接触は許されないぞ！」

リアとローズは、驚くべき早さで会長を引き剝がした。

（こ、今度はいったいなんだ……？）

夏休みが終わり、ようやくホッと一息つけるかと思ったら……。新学期開始早々、これまた面倒なことが起こりそうだった。

■

俺はひとまず会長を椅子に座らせ、一度落ち着かせてから話を聞くことにした。

「えーっと……それでいったい何があったんですか、会長？」

「ねぇ……助けてくれる？」

い。

上目遣いで小首を傾げる彼女だが、さすがに「いいですよ」と即答するわけにはいかな

「それは内容によります」

「……ケチ」

「ケチじゃありません。……ほら、何があったんですか。話してくれないとわかりませんよ？」

すると彼女は、生徒会室の一画を指差した。

「……あちらに見えますは、書類の山でございます」

「ですね」

副会長の机には、まるで山のように書類が積み重なっていた。あれは先日、リリム先輩が「邪魔だ！」と言って部屋の隅に移動させたものだ。

「残念ながら、夏休みを終わっても副会長は帰って来ませんでした……」

「どうやら、そのようですね」

副会長は希少なブラッドダイヤを採掘するため、渡航禁止国である神聖ローネリア帝国へ飛んだ。以前から生徒会の業務は副会長一人が片付けていたらしく、彼がいなくなった今は仕事がたまる一方となっている。

「勘の鋭いリリムとティリスは、もう定例会議にすら来てくれません――逃げられました」

「……なるほど」

「私一人で頑張っても……あんな量、片付くわけがありません……」

会長が何をどう助けてほしいのかわかった俺は、一気に脱力した。

「ということでお願いです。アレンくん……一緒に書類整理を手伝ってください」

彼女はそう言って、両手を顔の前に合わせてペコリと頭を下げた。

「……すみません、会長。生徒会に入る条件として、『一切仕事をしなくていい』というものがあったはずですが？」

「そ、それはそれ！　これはこれよ！　物事には不測の事態というのがつきものでしょ？　り、リアさんとローズさんもそう思うわよね……？　ね……っ!?」

彼女は同意を求めるようにリアとローズへ視線を向けたが、

「う、うーん……」

「これは自業自得だな……」

二人の反応はパッとしないものだった。

この件は完全に会長の怠慢さが原因だから、当然と言えば当然だろう。

「そ、そんな……っ!?」

孤立無援となった会長は、

「お、お願いアレンくん……！　ほんとに、ほんとにこればっかりはマズいのよぉ……っ！」

小細工を弄することなく、真っ正面から頼み込んできた。

「そう言われましても……。約束は約束なので……」

そうして俺がやんわり断ると、

「お、お姉さんがこんなに真剣に頼み込んでいるのに……っ。あなたには人の血が流れていないの!?　鬼！　悪魔！　アレン！」

会長はキッとこちらを見つめて、子どものように駄々をこね始めた。

「落ち着いてください、会長。それに『アレン』は悪口じゃないですよ……」

彼女を冷静にさせるためにも、ちょっとした代案を口にすることにした。

「人手が足りないというのでしたら……そうですね。一度仕事を持ち帰って、お付きの方の手を借りるというのはどうでしょうか？」

会長の家――アークストリア家は、代々政府の重役を継承する名家だ。夏合宿の屋敷にも執事らしき人はいたし、俺たちの手を借りなくてもどうにでもなるだろう。

「それは駄目よ。生徒会に提出された資料は、どれも持ち出し厳禁なの」

「へ、変なところで真面目なんですね……」

イカサマは平気で仕掛ける癖に、妙なところで律儀な人だった。

「だからお願いアレンくん、お姉さんを助けてちょうだい。……そ、そうだ！　手伝ってくれたら、今度お礼にアイス奢ってあげるわよ？　だから、ね？」

会長はそう言って、俺の両肩を揺らした。

「小さい子どもじゃないんですから、アイスで釣るのは無理がありませんか……？」

「うっ」

食べ物で釣られるのなんて、精々リアぐらいのものだ。

（だけど、もしここで断ったら……）

部費戦争のときのように、また院内放送を悪用して呼び出しを受けることになるだろう。

（どちらにせよ面倒なことになるなら、仕事を片付けてしまった方がいいか……）

成り行きとはいえ俺も生徒会の一員だ。

それに何より、ここまで必死に頼み込まれてしまっては断るに断れない。

「はぁ……わかりました。微力ながらお手伝いさせていただきます」

「ほ、ほんと!?」

「ええ。ですが、次はないですからね？」

一応念のためにそう釘を刺しておいたが、

「あ、ありがとー！　さっすがアレンくん、今度おいしいアイスクリームをごちそうするわね！」

有頂天になった会長の耳には、あまり届いていないようだ。

（はぁ……。この様子だと、また仕事を溜めるんだろうなぁ……）

そうして俺がため息をつくと、

「もう……アレンがそう言うなら、私も手伝うわ」

「全く、仕方がないな……」

リアとローズも渋々といった様子で、会長の手伝いをすると言った。

「やった！　四人でかかれば、きっとなんとかなるわよ！」

やる気と活力を取り戻した彼女は、ご機嫌な様子で鞄からお弁当箱を取り出す。

「さぁみんな！　お昼ごはんを食べたら、すぐに取り掛かりましょう！」

その後、食事を取り終えた俺たちは、山積みになった書類を四人で分けて作業を進めた。

各部活動から上がってきた意見陳述書への回答。職員室から回ってきた要望への回答。

風紀委員から出された風紀の取り締まり案への回答。

確かにこれを一人でこなすのは、あまり現実的ではないだろう。

「――はい、会長。こっちの書類は全部終わりましたよ」

「ありがと。でも、まだまだ山のようにあるから、どんどん持っていってね！」

会長はそう言いながら、誰（だれ）よりも速くたまった仕事を消化していった。

たとえこんなのでも、一応は生徒会長。基本的なスペックは非常に高いようだ。

（この様子だと、頑張れば明日の放課後までには終わりそうかな……？）

そんなことを考えながら、副会長の机から書類の山を運ぶと、

「……ん？」

なにやら興味のそそられるポスターを発見した。そこには、

力強い筆致（ひっち）で『八月八日、地下大演習場にて開催（かいさい）！』と書かれていた。

「……一年戦争？」

俺がそのポスターをジッと見つめていると、

「あれ、アレンくんは知らないの？」

それに気付いた会長が、グッと顔を近付けてきた。

「は、はい。なんですか、この『一年戦争』って？」

「一年戦争は剣王祭（けんおうさい）の『一年生枠（わく）』を奪（うば）い合う、一年生だけの剣術大会よ！」

「一年生だけの……剣術大会……っ」

剣王祭というのが何かは知らないが、『剣術大会』というのはとてもいい響きだ。

「そろそろ参加希望者を募るはずなんだけど……。今日の帰りぐらいにも、担任の先生から連絡があるんじゃないかしら？」

そういえばレイア先生が、連絡事項は帰りのホームルームへ回すと言っていたっけか……。

（……出たい）

リアやローズ、それにA組のみんなと剣術をぶつけ合いたい。

俺がそんな風に気持ちを高ぶらせていると、会長はパンパンと手を叩いた。

「ほらほら、今は一年戦争のことよりも目の前のお仕事よ！　ささっと終わらせてしまいましょう！」

「ええ、そうですね」

俺は高ぶる気持ちを抑えて、再び作業に集中した。

それから十分二十分と経過し、お昼休み終了五分前になったところで、

「さて……今日のところはこれぐらいにしておこうか」

俺は大きく伸びをして、仕事の手を止めた。

「ええ、そうね。もうすぐ魂装の授業が始まるし、そろそろ切り上げましょう」

「ふわぁ……。なんだか眠たくなってきたな……」

それに続けて、リアとローズも体をグッと伸ばした。

「ほ、放課後も絶対に来てね？　お姉さんとの約束だからね!?」

そうして念を押す会長と別れ、俺・リア・ローズの三人は午後の授業へ向かった。

■

その後、午後の授業を終えた俺たちは、魂装場からA組の教室へ戻る。

魂装の授業は、なんというか精神的な疲労が凄まじい。

「ふぅー……っ」

自分の席に座った俺が大きく息を吐き出すと、

「アレン、大丈夫？　ちょっと疲れてるみたいだけど……」

「ちゃんと眠れているか？　疲労回復には睡眠が大事だぞ」

リアとローズが優しく声を掛けてくれた。

「ありがとう。そうだな……今日はいつもより早く寝ることにするよ」

そんな話をしていると、ガラガラッと教室の扉が開き、レイア先生が入ってきた。

「さて、それじゃ帰りのホームルームを始めようか。今日は大事な連絡事項があるから、しっかりと聞くように！」

先生はゴホンと咳払いをして、パンパンと手を打ち鳴らした。

「部活動の先輩や年間スケジュールなどから、既に知っている生徒も多いかもしれないが……。来週八月八日、ついに『一年戦争』が開催される！」

その瞬間、教室内に緊張が走った。

「念の為、まずは一年戦争の概要から説明しておこう。まぁ簡単に言うとだな——一年戦争は、剣王祭の出場権を懸けた一年生同士の決闘だ！」

彼女の大きな声が教室中に響く。

「剣王祭は『高等部の全剣術学院』が出場するというだけあって、非常に注目度が高い。ここで素晴らしい戦績を残せば、上級聖騎士や政府の士官などなど——輝かしいキャリアへの道が開かれることだろう。その第一歩、出場権を勝ち取るための戦いが一年戦争だ！」

上級聖騎士になれば、下級聖騎士よりも高い給金が安定的にもらえると聞く。もしも俺が上級聖騎士になることができれば、母さんに楽な生活をさせてあげられるだろう。

（これはチャンスかもしれないぞ……っ）

俺がそんなことを考えている間にも、先生は話を続けていく。

「一年戦争への参加は希望制ではあるが、諸君らにはぜひとも参加してもらいたい。早速だが、現段階で既に一年戦争への参加を決めている者は手を挙げてくれ！」

先生がそう言った瞬間、Ａ組の全生徒が手を挙げた。

「ほう、全員参加とは珍しいな！　今年の一年生は――いや、今年のＡ組はなかなかにやる気があっていいな！」

それを見た彼女は、満足そうに頷いた。

「残り一週間、気合を入れてしっかりと修業に励むように！　それでは――解散！」

■

その後、俺は毎日毎日ひたすら魂装を発現するために死に物狂いで修業に励んだ。

しかし、俺のような才能のない凡人が一週間死ぬ気でやったところで……大きな成果を得られるわけもない。結局、魂装を発現することなく、八月八日――一年戦争当日を迎えることになった。

会場は部費戦争のときと同じく地下大演習場。

中央に置かれた正方形の舞台。それをグルリと囲うように観客席が設置されている。

舞台の中央では理事長のレイア先生が簡単な挨拶をしており、俺たち一年戦争の参加者はそれを舞台袖で聞いていた。

（十、二十、三十、四十……参加者はだいたい五十人ぐらいか）

さりげなく周囲を見回していると、レイア先生の挨拶が終わった。

「さて、堅苦しい挨拶はここまでにしておこう。今年度の生徒は、既に魂装を発現している者も多い！　例年以上に熾烈な戦いが繰り広げられることだろう！　最後になるが、みんな正々堂々と自らの剣術を——日々の鍛錬の成果をぶつけ合ってくれ！　それでは一年戦争の開幕を——ここに宣言する！」

彼女がそう言い放った次の瞬間、

「うぉおおおおおおお！　きたぁあああああああ！」

「テッサぁあああ！　柔道部の誇りに懸けて、負けるんじゃねぇぞ！」

「アレンくーん！　剣術部の門はいつでも開いてるからねー！」

観客席から凄まじい歓声が巻き起こった。

柔道着をまとった厳つい集団がテッサへ野太い声援を送り、剣術部の副部長——シルティ＝ローゼット先輩がこちらへブンブンと手を振ってくれた。

（す、凄い熱気だな……っ）

グルリと周囲を見回してから、大きく息を吐き出す。緊張と興奮がほどよく混ざった、ちょうどいい精神状態だ。すると、リアとローズが俺の前に立った。

「アレン。入学初日に負けた借りは、きっちりとここで返させてもらうわ！」

「剣武祭では不覚を取ったが、今日は勝たせてもらうぞ！」

真っ直ぐな二人の視線を受けた俺は、とても嬉しくなった。

「あぁ、今日はお互いに敵同士――全力でやろう！」

こうして剣王祭の一年生枠を懸けた、一年戦争が幕を開けたのだった。

■

レイア先生が一年戦争の開幕を宣言した後、実況解説を務める女生徒がルール説明を始めた。

一年戦争はトーナメント形式で実施され、優勝者には剣王祭の『一年生枠』が与えられる。試合に持ち込んでいいのは剣のみ、盾や鎧などの防具は禁止。対戦カードは公平を期すため、試合開始直前のくじ引きにより決定される。

どれもごく普通のルールであり、特段珍しいものはなかった。

「――ルール説明を終えたところで、記念すべき第一試合に参りましょう！」

観客席最前列にある実況解説席に座った女生徒は、小さなボールがたくさん入った透明な箱に手を入れた。

見れば、ボールの一つ一つには名前が書かれている。アレがくじの役割を果たすのだろう。

「一人目の選手は――この方です！」

彼女が勢いよくボールを取り出すとそこには、俺の名前が書かれていた。

「なんと一試合目から出ました！　みなさんご存知、一年A組アレン＝ロードル！　謎の集団、素振り部の部長にして生徒会の裏ボス！　大五聖祭では対戦相手を半殺しにし、新勧期間には剣術部の副部長を卑怯な手段で討ち取り、部費戦争ではシィ会長を弄んだ極悪人！　この男の快進撃はどこまで続くのかぁあああ!?」

概ね間違ってはいないが、ひどく悪意に満ちた紹介のされ方だった。

実況のアナウンスが響いた直後、

「おーっ！　あいつが噂に聞くうちの問題児か、初めて見たぜ！」

「へへ、今度はどんなことをやってくれるんだ？」

「俺はお前を見に来たんだぜー！　アレンー！」

一部の先輩たちから、熱烈な声援が送られた。

（これは……喜んでいいのだろうか……）

なんというか少し、複雑な気持ちだった。

「そんなアレン選手に対するは、一年B組レイズ＝ヴォルガン選手！　中等部時代、他校の生徒十人を病院送りにしたという噂があります！　『曲剣使いのレイズ』と言えば、聞き覚えのある方もいるのではないでしょうか!?」

実況がそう告げると、レイズさんが舞台へ上がった。

「ほぉ、あの曲剣使いか！」

「そういや聞いたことがあるな……。確か、とんでもねぇ狂犬だって噂だったぜ……」

「悪逆非道のアレン＝ロードルか、曲剣使いのレイズ＝ヴォルガンか。一戦目から面白いカードじゃねぇの！」

観客が盛り上がる中、俺はレイズさんをジッと見つめた。

レイズ＝ヴォルガン。

男にしてはやや長い、えんじ色の髪。左耳には銀のピアス。身長は俺と同じぐらい百七十センチほどだろう。

（彼と剣を交えるのは、これで二度目になるな……）

一度目はそう……停学が明けた直後、彼が突然魂装場へ乗り込んできたんだ。

俺がそんな昔のことを思い出していると、

「よぉ、ひっさしぶりだなぁ。アレン＝ロードルさんよぉ？」

レイズさんは笑みを浮かべたまま、気さくに挨拶をしてきた。

「お久しぶりですね、レイズさん」

「いやぁ～。まさか初戦からお前と当たるとは……ついてる、ついてるねぇ！　今日は流れがいいなぁ……！」

彼は血走った目をこちらへ向け、叫ぶようにそう言った。

（どうやら、逆恨みのようなものを買ってしまっているようだな……）

そうして俺たちが睨み合いを続けていると、

「両者、準備はよろしいでしょうか⁉　それでは――試合開始っ！」

実況が試合開始を宣言した。

俺はすぐさま剣を抜き放ち、正眼の構えを取る。それに対してレイズさんは、前回と同じように開始早々魂装を展開する。

「湧け――〈三匹の小骨龍〉ッ！」

肉のない骨の体をした三匹の骨龍が姿を現す。彼らは眼窩に赤い光を浮かべ、『コロコロコロ！』と楽しげに笑っていた。

「これは……っ」

大きい。

以前戦ったときと比較して、二回りほど巨大化していた。

「ははっ、気付いたかぁ⁉　でもなぁ、ただでかくなっただけじゃねぇぞぉ！　――骨龍の舞ッ！」

レイズさんがそう叫ぶと同時に、三匹の骨龍は一斉にこちらへ牙を剥いた。

「「「コロロロロロッ！」」」

大きく先端の尖った牙。全身から飛び出した鋭い骨片。文字通り、全身が凶器だ。

（……初めて見る技だな）

だけど、わざわざ向かって来るならば話は早い。前回と同じように粉砕するだけだ。

八つの斬撃で迫る骨龍を破壊しようとしたそのとき、

「八の太刀――八咫ッ⁉」

「――甘い、甘ぃぜぇ？」

こちらの行動を先読みしていたレイズさんが、素早く斬り掛かってきた。

「ぐっ⁉」

技の出を潰された俺は、彼と鍔迫り合いの状態となる。さらにそこへ、

「「「コロロロロロッ！」」」

三匹の骨龍が俺の手足へ殺到した。

「……っ」

俺は強引に身を捻って、なんとか回避を試みた。しかし、

「ぐ……っ⁉」

骨龍の体から飛び出した骨片が、左肩を浅く切り裂く。

「ふはっ！　いい顔だなぁ、アレン＝ロードルぅ……！」

レイズさんは俺の剣をしっかりと抑えながら、口元をグニャリと歪めた。

「……なるほど、超接近戦で俺の技を封じるつもりですか」

ここまで距離を詰められれば、飛影・朧月・断界・八咫烏――どれ一つとして自由に放つことはできない。

（技を繰り出せないのは、レイズさんも同じだが……。彼には〈三匹の小骨龍〉がある……っ）

遠隔操作が可能な魂装のおかげで、向こうだけが強力な攻撃を繰り出せるというわけだ。

「ふはっ、その通り！　お前に負けたあの日からずっと、俺はただひたすら超接近戦の修業をしてきたんだよ。全てはただ、お前をぶっ殺すためになぁ！」

レイズさんは、勝ち誇った顔でそう言い放つ。

（超接近戦で相手の剣術を封じる、か……。『言うは易く行うは難し』だな）

並大抵の剣士では、とてもじゃないが不可能な戦術だ。

それを可能にするのは、彼の素早い反応速度と優れた剣術。

（さすがは千刃学院へ実力で入学したエリートだな……）

基本的な能力が桁外れに高い。

「くくっ、その様子だと……まぁだ魂装は使えないようだなぁ？　えぇ、落第剣士のアレン＝ロードルさんよぉ？」

「……えぇ、そうですよ」

残念ながら、彼の言う通りだ。

「ぷっ、あっはははははははは！　やっぱお前には、才能がねぇよ……！　ほらほら、こっからどうするんだぁ？　自慢の剣術は封じられ、魂装も使えない。降参するなら今のうちだぜぇ？」

レイズさんは挑発を繰り返しながら、俺を嘲笑った。

「まだ手はありますよ」

「……へぇ。おもしれぇじゃねぇか。どんな手があるのか、ぜひご教授願おうかぁ？」

「剣術を封じられたのなら、力でゴリ押すまでです」

「はぁ？　何を言って……!?」

俺は全身に力を込めて、

「――ハァッ！」

鍔迫り合いの状態を腕力で押し切った。

「お前……なんって馬鹿力をしてやがる……っ!?」

「はぁあああああああ……！」

そこから畳み掛けるように袈裟切り・切り上げ・切り下ろし、渾身の力を込めた斬撃を繰り出す。剣と剣がぶつかり合い、激しい火花が舞い散った。

「ぐっ、こいつ……。人間じゃ、ねぇ……!?」

レイズさんは俺にぴったりとついたまま、その連撃をひたすら防御し続けた。

そうして一分二分と経過したところで、

「ハアッ！」

「ぐは……っ」

たび重なる連撃で握力が弱ったのか、彼は斬撃の衝撃に耐え切れず大きく吹き飛んだ。

「が、ぐ……っ!?」

彼は受け身を取れず、地面を転がっていく。

「――終わりです。降参してください」

〈三匹の小骨龍〉は、完全に見切った。超接近戦も身体能力の差で強引に押し切った。もはや勝負ありだ。

すると全身を強打したレイズさんは、

「くくっ。はは……あはははははははは！」

突然、壊れたように笑い始めた。

「あぁーあ……。ついてるよ、俺……ほんっとについてるなぁ……っ」

彼はうわ言のようにブツブツと呟きながら、ゆっくりと立ち上がる。

（……あれは、なんだ？）

よくよく見れば——レイズさんの右手には、黒い機械のようなものが握られていた。

「そしてぇ、アレン＝ロードルぅ……？　お前は最高についてねぇなぁ！」

彼が右手のスイッチを押したその瞬間、

「っ⁉」

俺の足元から眩い光が溢れ出し、大爆発が起きた。

「……くっ、爆弾⁉」

咄嗟に片手で飛影を放ち、爆発と相殺させたが……。片手で放った斬撃では、さすがに少し押し負けてしまった。

俺は勢いを殺すために地面を転がり、しっかりと受け身を取る。

「ふはっ！　あそこから逃げ切るとは、いよいよもって人間の反応じゃねぇな！　だがよぉ、もう終わりだぜぇ……？」

彼はそう言って、わざとらしく俺の右手を見た。

先ほどの大爆発によって、剣は吹き飛ばされ――俺は完全な丸腰になっていた。

「『仕込み』はルール違反のはずですが……？」

さっきの爆発は〈三匹の小骨龍〉の能力じゃない。ただの爆弾だ。事前に仕込んだものと見て間違いない。

「はぁ……。一年戦争とか、剣王祭の出場資格とか、そんなもんはどうだっていいんだよ……。この俺に恥をかかせた、てめぇさえぶち殺せればなぁ……！」

彼はそう言って、両手を前に突き出した。

「死ね――〈大骨龍の暴食〉ッ！」

その瞬間、三匹の骨龍はバラバラに分解され、一匹の巨大な骨龍へ変貌を遂げた。

「グォロロロロロロロ……ッ！」

巨龍は地鳴りのような唸り声をあげ、俺を丸呑みにせんと迫る。

目前に迫る巨大な骨龍――俺はその頭蓋骨を強引に摑み、力の限り地面へ叩き付けた。

「ハアッ！」

凄まじい破砕音が鳴り響き、舞台上にいくつもの骨が飛び散る。

「グ、グォロロ、ロ……ッ」

粉々に砕けた骨龍は、眼窩に灯った赤い光が消え――ピクリとも動かなくなった。

「……は？」

レイズさんはポカンと口を開けたまま、その場で固まっていた。

「残念ながら、俺の方がついていたみたいですね」

もしも『爆弾』ではなく、もっと他の『何か』を仕込まれていたら――無傷とはいかなかっただろう。

「そんな卑怯な手を使っているうちは、俺には勝てませんよ」

俺はそのまま彼との距離を詰め、腹部に強烈な一撃を見舞った。

「か、はぁ……っ!?」

肺の空気を全て吐き出した彼は、その場でうずくまるようにして意識を手放す。

「な、なんと!?　まさかまさかの素手による決着！　問題児対決は、格の違いを見せつけたアレン＝ロードルの完全勝利です！」

こうして無事に第一戦を制した俺は、第二戦へと駒を進めたのだった。

■

第一戦でレイズさんを打ち破った俺は、その波に乗ってその後の戦いも順調に勝ち星を積み上げた。そしてついに準決勝の舞台へ立つ。

「さぁ、一年戦争もいよいよ大詰め！　観客のみなさま、幾多の死闘を乗り越えてきた剣士たちへ大きな拍手をお願いします！」

実況がそう言うと、舞台上に立つ俺たちへ割れんばかりの拍手が送られた。

準決勝まで駒を進めたのは俺とリア、ローズ、テッサの四人だ。

「アレン、いよいよね……！」

「ここからが本番だな」

「あぁ、いい勝負をしよう！」

そうして三人で話し合っていると、

「おいおい、俺を忘れてもらっちゃ困るぜ？」

テッサは肩を竦めながらそう言った。

研ぎ澄まされた斬鉄流と屈強な肉体、Ａ組屈指の実力者である彼を忘れることはできない。

「あぁ、テッサとの戦いも楽しみにしているよ」

「へへっ、そいつはどうも」

そしてちょうど会話が一段落したところで、

「それではこれより、準決勝の対戦カードを決定いたします！」

実況の女生徒は声高にそう叫ぶと、小さなボールの入った透明な箱に手を入れた。

「準決勝第一試合の一人目は——出ました！　ここまでほぼ無傷で勝ち進んだ悪の星、アレン＝ロードル！」

その瞬間、観客席が大きく沸いた。

（……悪の星、か）

実況解説という立場からして、会場を盛り上げる必要性は理解できるけど……。できることなら、もう少しまともな呼び名を考えてほしいものだ。

「それに対するは、天下無敵とまで言われた伝説の秘剣！　一子相伝の桜華一刀流、正統継承者——ローズ＝バレンシア！」

実況がローズのことを至極真っ当に紹介すると、

「きゃー、ローズさーん！」

「こっち、こっち向いてくださーい！」

「頑張ってください！　お、応援しています……！」

黄色い声援が巻き起こった。見れば、観客席の一画にいる多くの女生徒たちがローズへ手を振っていた。どうやら彼女は、同性からの人気が高いようだ。

（まぁ、ローズはかっこいいからな……）

赤い瞳が特徴的な凛とした顔立ち。背まで伸びたピンクがかった銀髪。朝だけはとてつもなく弱いが、それも見ようによっては『魅力的な弱点』だろう。

「剣武祭で負けたあの日から、お前と剣を交えるこの瞬間をずっと楽しみにしていたぞ」

彼女は好戦的な笑みを浮かべ、こちらへ右手を伸ばす。

「俺もだよ、ローズ。今日は正々堂々全力でやろうな」

俺たちは、しっかりと握手を交わした。

「両者、準備はよろしいでしょうか⁉　それでは準決勝第一試合――はじめ！」

試合開始の合図と同時に、俺たちは剣を引き抜く。お互いの構えは全く同じ、剣をへその前に置く正眼の構えだ。俺とローズの視線が交錯し、緊迫した空気が流れ出す。

（こうしてローズと対峙するのは、ずいぶんと久しぶりだな……）

剣武祭で剣を交えたのは、半年以上も前になる。

あのときは、まさか同じ剣術学院に通うことになるなんて夢にも思わなかった。

「……行くぞ、アレン」

「あぁ、来い！」

俺が頷いた次の瞬間、ローズは既に目と鼻の先まで接近していた。

「……っ⁉」

相手の呼吸に合わせ、意識の隙間を渡り歩く――彼女得意の移動術だ。

(来るとわかっていたのに、それでも反応が一拍遅れてしまう……っ)

相変わらず、凄まじく高度な体捌きだ。

「桜華一刀流――桜閃ッ！」

ローズは速度を一切殺すことなく、全体重を乗せた鋭い突きを放つ。

真っ直ぐ胴体へ放たれた一撃に対し、俺は全く同じ入射角の突きで迎え撃った。

「――ハッ！」

剣先と剣先が先端の一ミリでぴったりとぶつかり合い、拮抗状態が生まれる。

この一連の流れは、前回と全く同じだ。

(ここで攻め込む……！)

重心を落とし、一呼吸のうちに彼女の懐へ潜り込む。

「ふっ、同じ手は通用しないぞ……！」

こちらの動きを読んでいたローズは、すぐさま第二の刃を振るった。

「桜華一刀流――夜桜ッ！」

目にも留まらぬ凄まじい袈裟切り。

(速い……っ!?)

俺の踏み込みに合わせて放たれた、完璧な白刃。昔の俺ならば、反応すらできずにやられていただろう。

だけど、いくつもの死線を乗り越えた今の俺ならば……躱せないレベルじゃない！

「――甘い！」

俺は紙一重でその一撃を回避し、

「なに……っ!?」

がら空きの胴体へ強烈な蹴りを放った。

「ぐっ……!?」

彼女の足が石舞台から離れ、大きく後方へ吹き飛んだ。

ローズは咄嗟に左腕で鳩尾を防御した。おそらく内臓へのダメージはほぼ皆無、戦闘継続になんら支障はないだろう。

（……いい反応だ）

「くっ、さすがに……強いな……っ」

彼女は空中で一回転して衝撃を殺し、すぐさま正眼の構えを取った。

「ローズの方こそ。さっきの一カウンターには、ヒヤリとさせられたよ。キレも体捌きも剣武祭のときとは、比べ物にならないな……」

「ふっ、アレンにそう言ってもらえると嬉しいぞ。――だが、まだまだこれからだ」

その後、激しい剣戟の応酬が繰り返された。

「うぉおおおおおお！」

「はぁあああああああ！」

鉄と鉄がぶつかり合う高音が響き、いくつもの火花が舞い上がる。

そのまま一分二分と経過していけば、試合の流れは徐々に――しかし確実に俺の方へ傾いていった。

「桜華一刀流――雷桜ッ！」

雷鳴の如き居合斬り。

俺はそれを強引に上から下へ斬り落とす。

「セァッ！」

「しま……っ⁉」

そうして彼女の防御が下がったところへ、

「一の太刀――飛影ッ！」

「く……っ」

出の早い飛影を近距離から放ち、確実にダメージを与えていく。

俺は無傷のまま静かに正眼の構えを堅持し、

「はぁはぁ……っ」

少なくないダメージを抱えたローズは、肩で息を繰り返す。

ここまで有利に立ち回れているのは、単純な筋力差に加えて彼女の癖を見抜いたことが大きい。

（ローズは連続して同じ技を出すことを、無意識のうちに嫌がる傾向がある……）

この戦いで使用した技は、桜閃・夜桜・雷桜の三種類。

（次の一手はおそらく……）

この不利な状況をひっくり返そうとして、まだ使っていないあの大技を繰り出すはずだ。

「桜華一刀流奥義――鏡桜斬ッ！」

予想通り、ローズは桜華一刀流の奥義を放った。それに対して俺は、

「桜華一刀流奥義――鏡桜斬ッ！」

全く同じ技をもって迎え撃った。

鏡合わせのように左右から四撃ずつ。目にも留まらぬ八つの斬撃が激しくぶつかり合う。

そしてその結果は、一方的なものだった。

「……」

「くっ……きゃぁっ⁉」

俺の放った鏡桜斬はローズの鏡桜斬を容易く食い破り、彼女に大きなダメージを与えた。

「なんで、どうして……っ」

ローズは信じられないといった表情でポツリと呟く。

「筋力と方向の差、かな……」

俺たちの間には、剣術のベースである筋力に大きな差がある。

さらにローズが次に鏡桜斬を放つことを予見していた俺は、彼女の斬撃に対して斜め方向――勢いを殺す方向へ鏡桜斬を放った。力と方向。その両方で有利を取る俺の鏡桜斬が勝るのは、ごく当然のことだった。

その後、膠着状態に陥ったところで実況のアナウンスが響き渡る。

「――ま、まさかここまで一方的な試合になるとは、いったい誰が予想したでしょうか⁉ それに私の見間違いでなければ、先ほどアレン選手の放った技は一子相伝の桜華一刀流！ さすがは悪の帝王！ 相手の技をも盗むのかぁ⁉」

あ、悪の帝王……。

（はぁ、もう好きに言ってくれ……）

俺が心の中でため息をつくと、ローズは小さく口を開いた。

「やはりお前は強い……。悔しいが、純粋な剣術勝負では私の負けだな……」

その弱気な言葉とは裏腹に、彼女の目には強い闘志が燃えていた。

（ついに来るか……っ）

俺は警戒心をグッと高め、彼女の一挙一動を注視した。

「だが、この勝負——絶対負けられない！」

彼女が力強くそう宣言したそのとき、肌を刺すような強烈なプレッシャーが放たれた。

（やはり間違いない、ローズはもう——発現している……っ）

すると次の瞬間、

「染まれ——〈緋寒桜〉ッ！」

彼女の背後に巨大な桜の木が出現した。

力強さを感じさせる立派な太い幹。満開に咲き誇った、妖しい艶を放つ緋色のはなびら。

（……美しい）

思わず時の流れを忘れてしまうほど、その桜は見事なものだった。

「——集え」

ローズが短くそう呟くと、桜のはなびらが彼女の手に集中し——一本の剣を形作った。

美しい緋色を放つ刀身。鮮やかな波紋。剣全体から放たれる得も言えぬ圧力。並の剣でないことは一目でわかった。

「――アレン、行くよ？」

「……あぁ、来い！」

一年戦争準決勝。ローズとの死闘は、最終局面に突入した。

■

魂装〈緋寒桜〉を発現させたローズは、緋色の美しい剣を天高く掲げた。

「――舞え、〈桜吹雪〉ッ！」

その瞬間、彼女の背後に咲く桜のはなびらが、凄まじい勢いでこちらへ殺到した。

「なっ⁉」

視界一面が緋色に染まる。その数は軽く万を超え、数えるのが馬鹿らしくなるほどだ。

（ローズの能力が割れていない現状、うかつにはなびらへ触れるわけにはいかない……っ）

「一の太刀――飛影ッ！」

俺はひとまず飛影を放ち、迫り来る大量のはなびらを撃ち落とさんとした。しかし、

「甘い！」

彼女が左手を振るえば――それに連動してはなびらも曲がり、俺の斬撃を回避した。

（レイズさんの〈三匹の小骨龍〉同様、遠隔操作の可能な力というわけか……っ）

波のように押し寄せる桜吹雪を前にした俺は、

「八の太刀——八咫烏ッ！」

八つの斬撃を四方八方へ張り巡らせ、自らを守る結界とした。だが、

「そこっ！」

結界の間隙を突いた一握りのはなびらが、俺の脇腹をかすめた。

「ぐっ⁉」

鋭い痛みが走り、苦痛に顔が歪む。

視線を脇腹に落とせば、そこは鋭利な刃物で切られたかのように切り裂かれていた。

（やはり、ただのはなびらじゃない……っ）

恐ろしいほどの切れ味。まるで一枚一枚が小さな刃のようだ。

圧倒的に数が多い分、同じ操作系の魂装〈三匹の小骨龍〉よりも遥かに厄介な能力と言えるだろう。

「なるほど……。〈緋寒桜〉の能力は、その鋭利なはなびらを操ることか……っ」

「半分正解。しかし、もう半分は——ハズレだ！」

彼女は小細工を弄することなく、真っ正面から斬り掛かってきた。

「桜華一刀流——夜桜ッ！」

俺の胸元目掛けて放たれたその袈裟切りは、先ほどとは比べ物にならないほど速くなっていた。

「なっ⁉」

咄嗟に剣を水平に構え、なんとかその一撃を防ぐ。

だが、彼女の一撃はただ速くなっただけではなかった。

（な、なんて力だ……っ⁉）

かつて経験したことのない衝撃が、剣から両手へ両手から全身へと伝わっていく。

「はぁあああ！」

「ぐっ⁉」

純粋な力で押し負けた俺は、大きく後ろへ吹き飛ばされた。

「まだだ！」

ローズは間髪を容れず、畳み掛けるように猛攻を仕掛けてくる。

「桜華一刀流――連桜閃ッ！」

まるで閃光のような突きが連続して放たれた。

（速い……⁉）

ときに躱し、ときに撃ち落とし、ときに薄皮のみを斬らせ――なんとか全ての突きを回避し、大きく後ろへ跳び下がる。

（さっきまでと違って、身体能力ではローズが完全に上をいっている……っ）

その契機となったのは、彼女が魂装を展開したことだ。

ここから導き出される結論は一つ。

「その圧倒的な身体能力、〈緋寒桜〉は強化系の魂装だったのか……」

「ふふっ、ご明察。この桜の木は、ただただ莫大な力の塊。〈緋寒桜〉の能力は、その力を自在に操ることだ」

ローズはそう言って、はなびらを一つ手に取ってみせた。

（なるほど。桜の木に内包された莫大な力を吸収し、自分の身体能力を大幅に上げているということか……）

はなびらを操作した攻撃は、その副産物と言ったところだろう。

（強化系でありながら、操作系の力を持つ魂装……。全く、厄介極まりない能力だな……）

だけど、対処のしようがないわけじゃない。

「だったら……この手はどうだ？」

俺はターゲットをローズから〈緋寒桜〉本体へと切り替えた。

「はぁあああああああ！」

そうして全体重を乗せた大上段からの切り下ろしを放ったが、

「なっ⁉」

まるで鋼鉄を打ったかのような、強い衝撃が両手を走る。

（か、硬い……⁉）

ただの木じゃないと思っていたが、まさか傷一つ付けられないとは……っ。

俺が驚愕に目を見開いていると、背後から彼女の声が聞こえた。

「――それは『木という概念』をこの世界に固定したものだ。そう易々とは切れないぞ？」

振り返るとそこには、既に攻撃体勢に入ったローズがいた。

「桜華一刀流――雷桜ッ！」

雷鳴の如き居合斬りが駆け抜ける。

「く……っ！」

俺は咄嗟に剣を水平に構えて、なんとかその一撃を防いだ。しかし、体勢不利かつ身体能力で遅れを取っている現状、その勢いを完璧に殺し切ることはできず……がら空きの腹部を晒してしまう。

「さっきのお返しだ！」

そこへ鋭い蹴りが叩き込まれた。

「か、はぁ……っ⁉」

人間離れしたその脚力により、俺はボールのように転がっていく。体中の血液が跳ね回り、肺の空気が全て絞り出された。上下左右の感覚がなくなり、体のあちこちに鈍痛が走る。

「まだま、だ……！」

さらなる追撃を許さないよう、俺はすぐさま立ち上がって正眼の構えを取った。

「今の一撃を受けて、即反撃の姿勢を取るとは……。信じられない耐久力だな……」

彼女はまるで化物でも見るような目で、ジッとこちらを見つめた。

「はぁは……。今度はこっちから行くぞ……！」

「あぁ、望むところだ！」

それから俺は持てる全ての技を駆使し、ひたすらローズを攻め立てた。彼女はそれを持ち前の精緻な剣術で防ぎ、機を見ては的確な反撃を挟み込む。

その結果、俺の体には一つまた一つと裂傷が増えていった。

（だけど、勝機が全くないわけじゃない……！）

むしろ試合の流れは、徐々にこちらへ傾いてきていた。

「八の太刀――八咫烏ッ！」

「くっ、桜華一刀流奥義――鏡桜斬ッ！」

八つの斬撃がぶつかり合い、共に消滅した。今や互いの身体能力は五分と五分。

（いや、むしろこちらが少し上回っている……！）

ここが攻め時と判断した俺は、前へ前へと攻め立てた。

「うぉおおおおおお！」

「はぁあああああああ！」

互いの剣がぶつかり合い、鍔迫り合いの状態となる。

（〈緋寒桜〉を発現してからというもの、ローズは目に見えて攻勢に出た）

最初は能力のタネが割れないうちに試合を決めたいのかと思ったが……。

どうやらそうではないらしい。

（ローズには、攻め急がなければならない理由があったんだ……！）

彼女の力の源泉である巨大な桜の木は、徐々に枯れ始めている。満開だった桜の花は、いまやその半分ほどが散ってしまっていた。そしてはなびらが一枚また一枚と散っていくごとに――彼女の身体能力は、目に見えて落ちていく。

（つまり、〈緋寒桜〉には『持続時間』がある……！）

その証拠に先ほどは敗北した純粋な力比べも、

「ハアッ！」

「きゃぁ……っ⁉」

今は俺が制することができた。

後方へ吹き飛ばされたローズは、なんとか受け身を取り、すぐさま正眼の構えを取る。

「どうやらその〈緋寒桜〉には、持続時間があるようだな。……いや、まだ力を制御できていないといったところか？」

「……っ」

彼女は苦虫を噛み潰したような表情で押し黙った。どうやら図星のようだ。

（魂装は発現するまでに長い時間が必要となるが、その制御にも膨大な時間を要するとレイア先生が言っていたっけか……）

それも強大な力であればあるほど、その制御は困難を極める、と。

「全く、本当によく見ているものだな……。アレンの言う通り、私はまだ〈緋寒桜〉を制御し切れていない。持続時間の三分は、もうとっくに過ぎている」

彼女は肩を竦め、正確な持続時間を白状した。

「――だから、次の一撃で決めさせてもらおう！」

残る全ての桜のはなびらが、ローズのもとへ集まっていく。〈緋寒桜〉から莫大な力を供給された彼女の剣は、妖しい緋色を煌々と放つ。

「……っ」

その圧倒的なプレッシャーを前に、俺は思わず息を吞んだ。

「――いくぞ、アレン！」

「あぁ、決着を付けよう！」

短く言葉を交わし、俺たちは同時に駆け出す。

「はぁあああああああ！」

「うぉおおおおおおお！」

互いの間合いが重なり合ったその瞬間、

「桜華一刀流奥義――緋桜斬ッ！」

「五の太刀――断界ッ！」

お互いの全身全霊の一撃が交錯した。一瞬の静寂が生まれた後、

「ここまでしても届かない、のか……っ」

ローズの剣は粉々に砕け、巨大な桜の木は砂のように消え去った。

「――勝負あり、だな」

彼女へ切っ先を向けると、

「……あぁ、完敗だよ」

死力を尽くしたローズはどこか儚げに笑った。

「し、試合　終了！　息をつく暇もない激戦を制したのは――アレン＝ロードルです！」

こうして強力な魂装を発現したローズをなんとか打ち倒した俺は、一年戦争最後の舞台――決勝戦へと駒を進めたのだった。

■

準決勝を終えた俺とローズは、試合中に負った傷を治療するために保健室へ向かう。

フラフラと覚束ない足取りで歩くローズ。俺はそんな彼女の足並みに合わせて、ゆっくりとその隣に付き添った。すると、

「……っ」

突然大きくふらついたローズが、こちらへ寄りかかってきた。

「だ、大丈夫か？」

「……すまない。持続時間を超えて緋寒桜を使った反動が、思ったよりも大きくてな……っ」

ローズはそう言って、再びゆっくりと歩き始めた。

どうやらさっきの戦いは、かなり無理をしていたようだ。

「そうか……。それじゃもう少しゆっくり歩こう」

「あぁ、助かるよ……」

それから少しの間、俺とローズは無言のまま廊下を進んでいく。

「……悔しいな。また、勝てなかった……」

「……もう一回やったら、今度はどうなるかわからないぞ？」

今回はたまたま俺が勝ったが、次に剣を交えたときはどうなるかわからない。

「ふっ、お前は本当に優しいな。しかし、力の差は歴然だったよ。今の私では逆立ちをしても勝てないだろう……」

「ローズ……」

こういうとき、いったいどんな風に声を掛けたらいいんだろうか。

俺が難しい表情を浮かべながら頭を回転させていると、彼女の足がピタリと止まった。

「……勘違いはしてくれるなよ？　今の話は、現時点に限ったものだ。これから私はもっともっと修業を積み、いつか絶対アレンに勝つ。だから、そのときは……また戦ってくれないか？」

「あぁ、もちろんだ。約束するよ」

「そうか、ありがとう」

ローズはそう言って、優しく微笑んだ。

「……っ」

それは普段凛とした彼女が見せることのない、柔らかくて温かい笑顔。

そのギャップを目の当たりにした俺は、少しだけ見惚れてしまった。

■

保健室の前に到着した俺は、コンコンコンと扉をノックする。

「――どうぞ」

若い女性の声が返ってきたので、「失礼します」と声をかけてから扉を開けた。

「いらっしゃい。あなたたちも、一年戦争で怪我をしたのかしら？」

保健室の先生は、俺とローズの全身をサッと見てそう言った。

「はい、お願いします」

「ふぅ、今日は大忙しね……」

彼女は肩を竦め、書類仕事の手を止めて立ち上がる。

「俺は後でけっこうですので、先にローズを診てあげてください」

「そう、わかったわ。――それじゃ、ローズさん。悪いけど、こちらへ来てもらえるかしら？」

「はい。……アレン、ありがとう」

「あぁ、気にするな」

その後、ローズは先生の後に付いて保健室の奥――ベッドが置かれているところへ移動した。

「えっと、アレンくん……だっけ？　一応言っておくけれど、入って来ちゃ駄目よ？」

先生は短くそう注意を発し、白いカーテンで仕切りを作った。

「さて……それじゃ、まずは消毒をするから服を脱いで」

「はい」

二人のそんな声がカーテンの奥から聞こえた直後、

「……っ」

光の角度が悪いのか、ローズのシルエットがカーテン越しにはっきりと見えてしまった。

俺は反射的に背を向けて、大きな鼓動を打つ胸に手を当てる。

（だ、大丈夫……。ま、まだ完全に脱ぎ切ってないからセーフだ……っ）

シュルシュルという衣擦れの音を聞きながら、落ち着かない時間を過ごしていると、

「……っ」

鋭く短い吐息が聞こえてきた。

「少し沁みるでしょうけど、我慢してちょうだい。しっかり消毒しておかないと治りが遅くなるからね」

それからしばらくすると――カーテンがサッと開かれ、先生がこちらへ戻ってきた。

手足に包帯を巻かれたローズは、上体を起こしたままベッドに座っている。一見したところ、特に問題はなさそうだ。

「先生、ローズの具合はどうですか？」

「裂傷が多く見られたけど……。どれも深いものじゃないから大丈夫よ。全身の倦怠感は、きっと無茶な魂装の使い方でもしたんでしょうね。まぁ、安静にしておけばすぐに良くなるわ」

「そうですか、よかった……」

俺がホッと胸を撫で下ろしていると、先生はパンパンと手を打ち鳴らした。

「さっ、次はあなたよ。まずは消毒するから、服を脱いでちょうだい」

彼女はそう言って、『消毒液』とラベルの貼られた茶色の瓶と綿の生地を準備した。

「はい」

言われた通りに上の制服を脱いだところで、

「……あれ？」

自分の体に起きた異変にようやく気が付いた。

そこには、当然あるべきはずの傷がたったの一つもなかったのだ。

（そういえば……。試合が終わった頃にあった鈍い痛みも、いつの間にか消えていたな……）

ペタペタと自分の体を触っていると、先生は不思議そうに小首を傾げた。

「あら……？　あなた、怪我をしていたんじゃなかったの？」

「は、はい……。そのはずだったんですが……」

俺はローズとの一戦で少なくない量の傷を負った……はずだ。

しかし、現実としてこの体にはただ一つの裂傷すら残っていない。

「おかしいわねぇ……。服に付いた血は、まだ湿っているし……。これ……本当にアレンくんの血なの？」

「はい、間違いありません」

先生は内側から血の滲んだ制服に触れ、不思議そうに小首を傾げた。

「うーん……。それじゃ、回復系統の魂装使いだったり？」

「いえ。俺はその……まだ魂装を発現していませんので……」

「あら、ごめんなさい。まぁとにかくも、人間の体ってまだまだ不思議がいっぱいね

「え」

先生はそう呟きながら、消毒液と綿を薬箱にしまった。

（もしかして……）

俺はこの不思議な現象に心当たりがあった。

（……ア、アイツが治してくれたのか？）

大五聖祭のときがそうだ。

俺はシドーさんとの死闘で瀕死の重傷を負ったんだが……。次に意識を取り戻したときには、何故かかすり傷一つなかった。

（ここで考えても結論は出ないか）

幸いなことにアイツは、それほど無口というわけじゃない。

また、魂装の授業のときにでも聞いてみるとしよう。

（さて、リアとテッサの試合がどうなったかも気になるし……。そろそろ戻ろうかな）

地下大演習場へ戻る前に、ローズにひと声だけ掛ける。

「ローズ、俺はそろそろ戻るよ」

「そうか、手間を掛けたな」

「気にするな。それじゃ、また後でな」

そうして一年戦争の舞台へ引き返そうとしたそのとき、

「――なぁ、アレン」

ローズが俺の右手を優しく摑んだ。

「ん、どうした？」

「――負けるなよ。お前が私以外の誰かに負けるのは……嫌だ」

なんとなく「ローズらしい応援だな」と思った。

「あぁ、わかった。絶対に勝ってくるよ」

「あぁ、頑張ってくれ」

俺はローズの手を優しく握り返し、保健室を後にした。

「……ふふっ。可愛い顔をして、ちゃんと男の子してるじゃない。アレンくん、か……。うん、ちょっとタイプかも……」

「せ、先生が生徒に手を出すのは駄目ですよ……!?」

■

地下大演習場では、リアとテッサの戦いが最終局面を迎えていた。

「斬鉄流奥義――斬鉄ッ！」

「覇王流──剛撃ッ！」

両者の剣は激しくぶつかり合い、

「ぐっ、ぬ、ぉお……っ⁉」

「はぁあああああああ！」

リアの圧倒的な力に押し負けたテッサは、凄まじい勢いで吹き飛ばされた。

「が、はぁ……っ」

水平に飛んだ彼は地下大演習場の外壁に激突し、重力に引かれるようにして倒れ伏した。

その武骨な右手から剣が滑り落ち、ピクリとも動かない。戦闘続行は望むべくもない状態だ。

「──勝者、リア＝ヴェステリア！　圧倒的、まさに圧倒的な強さでした！」

実況の女生徒が勝敗を高らかに宣言すれば、各所からリアを褒め称える大歓声が巻き起こる。それに紛れて、

「うぉおおおおおおお⁉　テッサぁあああ⁉」

「畜生ぉおおおお……。熱い、いい勝負だったぜぇ……っ」

「ナイス、ナイスファイトだ……っ。お前は本当に漢だったぜぇええええ！」

観客席の一画から太い鳴き声が漏れ出した。

どうやらテッサは、柔道部の先輩たちに愛されているようだ。

「さぁ、泣いても笑っても一年戦争はこれがラスト！　それではこれより、アレン＝ロードル対リア＝ヴェステリアの決勝戦を開始致します！」

凄まじい歓声が飛び交う中、俺とリアは静かに見つめ合う。

「……懐かしいな」

「ええ、もう四か月になるのよね……。なんだかあっという間だったなぁ……」

千刃学院へ入学したその日、俺たちはこの地下大演習場で剣を交えた。

（あれから本当にいろいろあったな……）

大五聖祭での死闘。魔剣士見習いとしての生活。大同商祭での事件。生徒会主催の夏合宿。素振り部の設立と部費戦争。ヴェステリア王国での三連戦。

リアとの共同生活から始まった俺の学生生活は、毎日が波乱に満ちていた。

「――アレン。前回は不覚を取ったけれど、今回は勝たせてもらうわよ！」

「悪いが、こっちも負けるわけにはいかないんでな……！」

俺たちの会話が区切りを迎えたところで、

「両者、準備はよろしいですか!?　それでは決勝戦――はじめ！」

試合の開始が宣言された。

俺はゆっくりと剣を抜き、正眼の構えを取る。それに対してリアは、右手を前へ突き出す。

「侵略せよ――〈原初の龍王〉ッ！」

黒炎と白炎を纏った美しい剣が、何もない空間を引き裂くようにして現れた。

「さぁ、行くわよ――アレン！」

「あぁ、来い――リア！」

こうして一年戦争の決勝戦が幕を開けた。

■

リアが〈原初の龍王〉を手にし、戦闘準備が整ったその瞬間、

「うぉおおおおおおお！」

俺は間合いを詰めるべく、一気に駆け出した。

（彼女は黒炎と白炎を用いた、豊富な遠距離攻撃手段を持つ。彼女を相手に遠距離戦を挑むのは無謀だ）

しかし、それを見越していたのだろう。

「甘いわよ！　龍の激昂ッ！」

リアはすぐさま剣を振り回し、黒白入り混じった炎をまき散らした。

規則性のない範囲攻撃が、舞台上を蹂躙していく。

「くっ⁉」

俺はたまらず跳び下がり、降りかかる火の粉を切り払った。そこへ、

「黒龍の吐息ッ！」

間髪を容れず、漆黒の炎が襲い掛かった。

「一の太刀――飛影ッ！」

迫り来る黒炎に対し、得意の飛影をもって迎え撃つ。しかし、

「なっ⁉」

俺の放った飛影は、一瞬で黒炎にかき消された。

（くそっ、この前やったときとは出力が桁違いだ……っ）

横へ大きく跳び退き、黒龍の吐息を回避する。

（近付こうとすれば、無差別な範囲攻撃。距離を取れば、黒炎での遠距離攻撃、か……。

全く、本当に厄介な能力だな……）

戦い方としては、クロードさんとよく似ている。

（もしかすると二人は、ヴェステリア王国で同じ修業をしていたのかもしれないな……）

そんなことを考えている間にも、リアは俺の一挙一動を見つめており、わずかな隙も見

せない。前回の戦いで見え隠れしていた油断や慢心は、完全に消え失せている。

「まさか飛影を食い破ってくるとはな。恐れ入ったよ、リア」

「ふふっ、驚いたかしら？　でも——私の力は、まだまだこんなものじゃないわ……よ！」

彼女が素早く剣を振るえば、再び灼熱の黒炎が牙を剝く。

それから俺は、ひたすら防戦一方を強いられることになった。

「食らいなさい——黒龍の破裂弾ッ！」

リアが大上段に構えた剣を力いっぱい振り下ろすと、黒龍の吐息より、一回りも二回りも大きな黒炎の塊が放たれた。

「く……っ」

素早く右へ跳び、回避を試みた次の瞬間、

「——はじけろ！」

黒炎の塊は爆発し、握りこぶし大の炎が四方八方へ飛び散った。

「……っ!?　八の太刀——八咫烏ッ！」

咄嗟に斬撃の結界を敷き、防御を試みたが……。たった八つの斬撃では、百を超える炎を振り払うことはできない。飛散した黒炎の一つが右足を襲い、焼けるような痛みが走る。

「く、そ……っ。一の太刀——飛影ッ！」

せめてもの反撃として飛ぶ斬撃を放つが、

リアの白炎は大きな盾と化し、いとも容易く飛影を防ぎ切った。

「――白龍の鱗ッ！」

（まずいな……。少しずつだけど、確実にダメージが蓄積していっている……）

その証拠に、体の動きが徐々に鈍くなってきている。

（このままズルズルと試合が長引けば、こっちが不利になるだけだな……）

どこかで勝負を仕掛けなければ、このままジリ貧に終わるだろう。

圧倒的に不利な現状。それを正しく認識した俺は、大きなため息をつく。

（やっぱり魂装が使えないというのは、剣士として致命的だな……）

魂装使いとの戦闘が増えたことにより、その事実を痛感していた。

（いや、泣き言はこの試合が終わってからにしよう）

思考を切り替え、覚悟を決める。

（……きっと大丈夫だ）

クロードさんの〈無機の軍勢〉、あの大爆発にも耐えたこの体だ。

リアの強力な炎にもきっと耐えてくれるだろう。

（ふぅ、行くか……）

数秒後に訪れる確実な痛み。それを覚悟した俺は、一気に駆け出す。

「うぉおおおおおおお！」

「来たわね……！　龍の激昂ッ！」

黒白入り混じった炎が二人の間を分断する。

（怯えるな……！　苦痛は一瞬。この炎の壁さえ突破すれば、勝ちの目はある……！）

俺は煌々と燃え盛る灼熱の炎へ飛び込んだ。

「ぐ、ぁ……っ」

激しい炎が体を焼き、鋭い痛みが全身を駆け巡る。

熱い、痛い、苦しい。だけど、耐えられないほどではない……！

「はぁあああああああ！」

刺すような痛みを乗り越え、なんとか炎の壁を突破したその瞬間、

「――やっぱりね。勇敢なあなたなら、きっとそうくると思っていたわ」

壁の先で待ち受けるリアは、既に剣を高々と振り上げていた。

どうやら、俺の行動は読まれていたらしい。

「覇王流――剛撃ッ！」

「ぐっ……!?」

目前に迫る強烈な切り下ろしに対し、剣を水平に構えて防御する。

凄まじい衝撃が全身を駆け抜け、なんとか防ぎ切ったかと思ったそのとき、

「――はぁあああああああ！」

リアの持つ剣の峰から、凄まじい勢いの炎が噴射された。

それは彼女の切り下ろしに爆発的な推進力を付与し、

（ぐっ、お、重い……!?）

そのあまりの威力に耐え切れず、俺は大きく吹き飛ばされた。

（く、そ……っ）

この四か月の間、俺は必死に修業を積んできた。数々の修羅場を乗り越えて、自分なりに精一杯努力してきたつもりだ。

だが、〈原初の龍王〉の成長具合は、それを大きく上回った。

こちらの体勢が大きく崩れた隙を見逃さず、リアは一気に攻め込んでくる。

「はぁあああああああ！　覇王流――連槍撃ッ！」

黒炎の灯った爆発的な突きが、何度も何度も繰り出された。

「……っ」

ときに躱し、ときにいなし、ときに切り払い――なんとかその連撃を凌ぐ。

嵐のような猛攻を捌きながら、俺は素直に感心した。

（リア、やっぱり君は凄いな……）

圧倒的な剣術の才能〈原初の龍王〉という魂装を持ちながら、彼女は毎日毎日ひたすら修業をしていた。それは素振り部で一緒に剣を振った俺が一番よく知っている。

「覇王流――剛撃ッ！」

彼女は再び、強烈な切り下ろしを放った。

「ハァッ！」

俺はそれに対し、全体重を乗せた袈裟切りを合わせた。

互いの剣が激しく衝突し、今日二度目の鍔迫り合いとなる。

（彼女は『努力する天才』だ）

俺みたく才能の差を努力で埋めようともがく凡人にとって、天敵とも呼べる存在だろう。

「アレン、残念だけどこの勝負――私の勝ちよ！」

リアの持つ剣の峰から、凄まじい勢いで灼熱の炎が噴射された。

（くそ、勝ちたいなぁ……）

俺が才能のない凡人だということは、他の誰より自分が一番よくわかっている。

それでも、リアに勝ちたいと思ってしまう。

この剣術の天才に勝ちたい。努力する天才に勝ちたい。

（いつだって俺の邪魔をしてきた『才能』に――勝ちたい……！）

その瞬間、かつてないほどに巨大な力が体の底から溢れ出した。

「うぉおおおおおおお……らぁっ！」

「そんな……きゃぁっ!?」

〈原初の龍王〉の後押しを得た彼女の剣を――俺は単純な腕力で蹴散らした。この試合で初めて、力勝負で押し切った。

（こ、これは……っ）

まるで体の奥底で封じられていた力が湧きあがってくるような、奇妙で何故か懐かしい感覚。今まで何度かこういうことはあったが、今回のこれは桁違いだ。

（……いける！）

そうして俺が自分の手のひらを見つめていると、

「あ、あなたは『アレン』なの……？」

リアはそう言いながら、〈原初の龍王〉を胸の前に掲げた。

その刀身を鏡代わりにするとそこには――白髪交じりになった頭、左目の下に黒い紋様が浮かび上がった俺が映っていた。

「ちょっと見た目は変わってるけど、間違いなく俺だよ」

アイツに体を乗っ取られたわけではない。この体は今、きちんと俺が制御している。

「もしかして、霊核の力を制御したの……?」

「いいや、それは多分まだだな」

確かに凄まじい力が全身にみなぎっているが……。それでもまだ、俺と奴の間には隔絶した力の差がある。強くなった今だからこそ、それがはっきりとわかった。

魂装習得の道は、まだまだ遠いようだ。

(今回のこれは……。多分、アイツの気まぐれか何かだろうな……)

今度会ったときは、礼の一つぐらい言っておくことにしよう。

(とにかく、これで筋力の差は埋まった……!)

これまでのように力負けすることはない。

(ここから先は、俺の剣術とリアの〈原初の龍王〉――どちらがより優れているかの勝負だ!)

俺は重心を落とし、正眼の構えを取る。

「行くぞ……リア!」

「ええ、望むところよ……アレン!」

二人の決勝戦は、ついに最終局面へ突入した。

■

凄まじい力を手にした俺は、剣を天高く掲げ――それを一気に振(ふ)り下ろす。

「一の太刀――飛影ッ！」

同時にリアも大きく剣を振るう。

「黒龍の吐息(ブラック・ブレス)ッ！」

両者がぶつかり合ったその瞬間(しゅんかん)、俺の放った飛影は黒炎(こくえん)を容易く切り裂(さ)いた。

「うそ!?」

予想外の結果に目を丸くしたリアは、即座(そくざ)に横へ跳(と)び退(の)き、迫(せま)り来る斬撃を回避(かいひ)する。

（よし、これなら行けるぞ！）

思った通り、もう力で押し負けることはない……！

今が勝機と判断した俺は、接近戦を仕掛(しか)けるために駆(か)け出した。

「はぁあああああああ！」

「ど、龍の激昂(ドラゴニック・ロアー)ッ！」

黒白入り混じった凄まじい数の炎塊(えんかい)が行く手を防ぐ。

（やはりそう来たか……！）

だけど今の俺なら、押し通る！

「――ハァッ！」

横薙ぎの一閃を放ち、煌々と燃え盛る炎をかき消す。

「剣圧だけで私の炎を……!?」

驚きのあまり、一瞬体を硬直させたリア。俺はその隙を見逃さず、全力の袈裟切りを放つ。

「セイッ！」

「くっ……きゃぁっ!?」

彼女は咄嗟に剣で防御したが、圧倒的な腕力の差によって大きく真横へ飛ばされた。

「なんて馬鹿力……っ!?」

なんとか受け身を取りつつ、大きく距離を取っていく。

「魂装を抜きにしてこの強さ……。さすがはアレンね」

「リアの方こそ。魂装をここまで自在に操るなんて……やっぱり君は凄いよ」

「ふふっ、ありがと。でもね、私の本当の力は――ここからよ！」

彼女は剣を舞台に突き立て、静かに目を閉じた。すると次の瞬間、

「――龍王の覇魂ッ！」

煌(きら)めく白炎と闇(やみ)の如(ごと)き黒炎が、その身を包み込んだ。全身を刺すようなとてつもないプレッシャー。そこだけ空間の重みが違(ちが)う、桁外(けたはず)れの存在感。

（さすがはリアだ……っ）

まさかまだ奥の手を隠(かく)し持っていたとは、見事というほかない。

「ふふっ、これまでの私とは一味違うわよ？」

「あぁ、どうやらそのようだ、な……⁉」

まばたきをした刹那(せつな)、目の前に高々と剣を振りかぶった彼女の姿があった。

「速い⁉」

ローズの移動術とは違う。ただただ物理的な速さによる移動。

単純明快、タネも仕掛(しか)けもないゆえに厄介(やっかい)だ。

「食(く)らいなさい！」

迫り来る切り下ろし。

「ぐ……っ」

俺は反射的に右へ転がり、なんとか回避した。

「逃(に)がさないわよ！　覇王流――連槍撃ッ！」

「くっ、桜華一刀流奥義(おうぎ)――鏡桜斬ッ！」

互いの斬撃が火花を散らす。

その後、俺たちの剣戟はまさに一進一退――互角の攻防を繰り広げた。

「覇王流――剛撃ッ！」

「――ハァッ！」

互いの剣が衝突し、ぴたりと止まった。

完全に拮抗した鍔迫り合い。まるで時が止まったかのようにピクリとも動かない。

（嘘よ……っ。龍王の覇魂でも押し切れないなんて……!?）

（なるほど、身に纏った白炎で体中の細胞を活性化させているのか。本当に応用力の高い能力だな……）

互いの視線が交錯し、同時に後ろへ跳び下がった。

（接近戦は互角だが、遠距離戦はちょっと分が悪いな……）

黒炎と白炎を交えた多彩な遠距離攻撃は、リアの得意とするところだ。

俺は着地したその瞬間、間合いを詰めるべく一直線に駆け出した。

「――はぁあああああああ！」

「くっ、白龍の鱗ッ！」

彼女はすぐさま巨大な白炎の盾を展開した。これまで鉄壁を誇ったその守りを、

「八の太刀――八咫烏ッ！」

俺は文字通り『八つ裂き』にした。

「そん、な……!?」

顔を青くしたリアは大きく後ろへ跳び下がり、苦悶の表情を浮かべる。

「はぁはぁ……っ」

ここに来て、リアの呼吸は目に見えて荒くなっていた。

（……なるほど、あの状態はそう長くもたないようだな）

おそらく、ローズの〈緋寒桜〉のように持続時間が存在するのだろう。

「ね、ねぇ、アレン……。あなた、そんな人外の力をずっと振るって、体の方は大丈夫なの？」

「じ、人外の力じゃないけど……。体はなんともないな」

ローズやリアの力と違って、俺のこれは体に負担がない。いや、むしろ調子はいいぐらいだろう。試合中に負ったはずの火傷すら、今やもう完治しているぐらいだ。

「そう……。それじゃこのまま試合が長引けば、私の負けになるわね……」

「あぁ、そうだな」

彼女の消耗具合から判断すれば、その結末は必然だ。

だけど、あのリアがそんな大人しくやられてくれるわけがない。

「それじゃ、アレン。私がガス欠になる前に――今ここで、決着を付けましょう！」

リアの体を覆っていた全ての炎が〈原初の龍王〉へ集約していき、『白』と『黒』が混ざり合った美しくも凶悪な炎が立ち昇る。

「これが正真正銘、最後の一撃よ」

「あぁ、来い……！」

彼女はゆっくりと天高く剣を掲げ、それを一思いに振り下ろした。

「食らいなさい――龍王の覇撃ッ！」

その瞬間、黒炎と白炎は邪悪な炎龍と化し、石舞台をめくり上げながら迫ってくる。

「グゥオオオオオオオ……ッ！」

それに対して俺は、全ての力を総動員した最強の一撃を放つ。

「六の太刀――冥轟ッ！」

飛影よりも遥かに巨大な斬撃が、禍々しい龍を切り捨てんと突き進む。

「はぁああああああああ……！」

「うぉおおおおおおおお……！」

両者は舞台の中央で激しくぶつかり合い、

「ぐ、グゥオオオオオオ……ッ」

邪悪な龍は、冥轟の前に消し飛んだ。

「よし……！」

勝利を確信し、握りこぶしを作った次の瞬間、

「……っ」

リアの体はグラリと揺れ、そのまま前のめりに倒れ込んだ。

「な、リアッ⁉」

彼女の手から魂装がこぼれ落ち、細かい粒子となって消滅していく。

（くそ。こんなときに、気絶したのか……⁉）

どうやら先ほどの一撃は、文字通り全てを出し切ったものだったらしい。

無防備に体を投げ出したリアのもとへ、絶望的な威力の冥轟が迫る。

気絶した状態であんなものを食らえば、到底無事では済まされない。

「ぐっ……ぉおおおおおお！」

俺はすぐさま剣を投げ出して走った。

（く、そ……間に合ぇえええぇ……！）

体を満たす不思議な力を総動員し、床を踏みつぶす勢いで駆けた。

そしてなんとか冥轟と並んだ俺は、

「――ハァッ！」

その側面を力いっぱい殴り付けた。硬質な音が響き、強烈な衝撃が右手を襲う。

だが――冥轟は止まらない。

とてつもない威力を維持したまま、リアのもとへひたすら突き進んでいく。

（ど、どうする……!?）

素早く視線を動かして、助けを求めようとしたが……。こんなときに限って、レイア先生は近くにいない。

（力を絞り出せ……っ。つまりこれは、自分で止めるしかない。

歯を食いしばり、強く硬く拳を握り締める。

すると、これまで感じたことのない膨大な力が全身を駆け巡った。

「こ、の……っ。消え……ろぉおおおおっ！」

全ての力を右手に注ぎ、渾身の一撃を繰り出したそのとき――手の中に『黒いナニカ』が生まれた。

次の瞬間、耳をつんざく破砕音が学院中に響き渡り、冥轟はリアの数ミリ手前で消滅した。

「はぁはぁ……間に合っ、た……っ」

俺の全身を満たしていた不思議な力は、今やもう消滅していた。

（あの力は、いったい……？）

ホッと安堵の息を吐き出しながら、そんなことを考えていると、

「痛……っ⁉」

鋭い痛みが右手を走った。見ればそこには、深い太刀傷が刻まれていた。

（この腕じゃ……。当分、修業はできないな……）

全力の冥轟を素手で殴り付けたんだ。こうなるのは当然。いや、むしろこの程度で済んだことを幸運に思うべきだろう。

「でも、本当によかった……」

規則的な呼吸を繰り返すリアを見て、ホッと胸を撫で下ろしていると、

「り、リア＝ヴェステリア、戦闘不能！　よって今年度の一年戦争を制覇したのは――一年A組、アレン＝ロードル！　しかし、意外や意外！　なんとアレンは、リアをかばって名誉の負傷！　悪の帝王が優しさを見せたぁあああ⁉」

実況の女生徒が、俺の優勝を高らかに宣言した。

「やるじゃねぇか、アレン！」

「とんでもねぇ、戦いだったぜ！」

「すげぇ……っ。と、とにかくすげぇよ、お前……っ！」

こうして長きに亘った一年戦争は、無事に幕を下ろしたのだった。

■

観客席の最上部。

アレンとリアの試合を陰ながら観察していたレイアは、険しい表情を浮かべていた。

「あの姿にあの力、まさか霊核を制御したのか……？　……いや、あり得ん。そうだとするならば、出力が低過ぎる……。奴の気まぐれか……？　それとも――」

答えの出ない問題に頭を悩ませていると、

「――ひょほほほほ！　いやぁ、よかったよかった！　これで儂のミスも帳消しじゃの！」

何もない空間から、突如として老爺が出現した。背が低く、頭髪も眉毛も髭も全てが真っ白。はっきりと腰の曲がった彼は、満面の笑みを浮かべながら嬉しそうに手を叩いている。

「なっ!?」

いとも容易く背後を取られたことに驚愕したレイアは、慌てて背後を振り返った。

「いやはや……。途中で抜けられたときは、どうなるかと思ったが……。順調に『道』を開けているようで何よりじゃ！」

「貴様は、時の仙人……っ」

レイアは固く拳を握り締めながら、時の仙人を睨み付けた。

「ほっほっ！　久しぶりじゃのぉ、黒拳。元気そうで何よりじゃ」

「既に連絡は受けているぞ。アレンに使ったそうじゃないか、あの呪われた一億年ボタンを……！」

「『呪われた』とは、ひどい言いようじゃのぉ……」

彼はそうボヤキながら、舞台上で優勝トロフィーを受け取るアレンをジッと見つめた。

つい先ほどまで白髪交じりだった彼の頭髪は、今や黒一色に戻っている。

「ふぅむ、もう『真っ黒』になってしもうたか……。これはまだ時間がかかりそうじゃのぉ……」

時の仙人は立派な白い髭を揉みながら、今後の予定を練り上げていく。

そんな彼の顔面に――レイアの正拳が突き刺さった。

「へぶっ⁉」

「お前には、聞きたいことが山ほどあるんだ。悪いが、しばらく眠って……なっ⁉」

時の仙人はレイアの拳をすり抜けた挙句、彼女の全身をも通り抜けた。

「いやぁ、さすがは黒拳。恐ろしい速さじゃのぅ……。全く、油断も隙もないわい……」

「なるほど、それが噂に聞く『透明化』か……っ」

レイアの悔しそうな表情を見た彼は、満足そうに「ひょほほ！」と笑う。

「さて、儂にはまだまだやることがあるでな。またどこかで会おうぞ、黒拳よ……」

「まっ、待て！」

制止の声を気にも留めず、時の仙人は地下大演習場から霧のように消え去った。

「くそっ……」

突然降って湧いたチャンスをふいにしたレイアは、強く歯を嚙み締めた。

「……ダリア。これはお前の想定を超える『何か』が起こっているぞ……っ」

■

アレンが一年戦争を制覇したその頃。

神聖ローネリア帝国の地下深くで、一人の男が歓喜の雄叫びをあげていた。

「や、やった……！　ついに見つけたぞ……っ！」

千刃学院の生徒会執行部副会長、セバス＝チャンドラー。彼はローネリア帝国の厳重な警備網を潜り抜け、帝国の追っ手と黒の組織をやり過ごし——数か月もの間、炭鉱夫としての生活を送ってきた。

「これが……夢にまで見たブラッドダイヤ！」

彼の両手には、握りこぶし大のブラッドダイヤの原石が二つ。『魔性の美』を持つと言われる真紅の原石は、なんの加工も施していない状態でさえ妖しい魅力を放っていた。

「ふ、ふふふ……っ！　会長、きっと喜ぶだろうなぁ……！」

ニヘラとだらしなく口元を歪ませる彼を――いくつもの懐中電灯が照らした。

「い、いたぞ！」

「大至急、帝国警備兵に連絡を！」

「急げ、黒の組織にも伝えろ！　我らでは足止めが限界だぞ！」

帝国に雇われた魔剣士たちは、目を血走らせて叫ぶ。彼らの手にはそれぞれ魂装が握られており、一人一人がかなりの手練れであることがうかがえた。

「ちっ、次から次へと……本当にしつこい奴等だな」

手練れの魔剣士集団を歯牙にもかけず、まるで羽虫を払うかのように斬り伏せてきたセバスだったが……。さすがにその数が百を超えたあたりからは、一々戦うのが面倒になってきていた。

「はぁ、逃げるか……」

面倒くさそうに頭をガシガシと掻き、いさぎよく背を見せて逃げ出した。

「なっ⁉ お、おい待て！」

十人を超える魔剣士たちは、必死になって追いかけるが――身体能力の差は歴然。両者の距離は、みるみるうちに開いていった。

「会長、待っていてください！ このセバス……必ずやあなたに、このブラッドダイヤをプレゼント致します！」

彼は両手にブラッドダイヤの原石を握り締め、神聖ローネリア帝国の地下を駆け抜けるのだった。

■

一年戦争実行委員から優勝トロフィーを受け取った俺は、急いでリアとローズのもとへ向かった。

養護教諭の話によれば、リアは無茶な力の使い方をしたようで、ひどく疲弊した状態にあるらしい。ただ幸いにも命に別状はなく、安静にしていればそのうち目を覚ますとのことだ。

彼女の無事を確認した俺はホッと胸を撫で下ろし、

「――ローズ、具合はどうだ？」

隣のベッドで体を休めるローズに声を掛けた。

「あぁ、徐々によくなってきたよ。明日には、もういつも通り動けるはずだ」

「そうか、それはよかった」

彼女はジッと俺の目を見つめて、少し複雑な表情を浮かべながら儚げに笑った。

「その様子だと、勝ったんだな」

「あぁ、なんとかな」

「そうか……うん、おめでとう」

自分を負かした剣士の勝利。一人の剣士として、気持ちの置きどころが難しいだろう。

それでもローズは、素直に『おめでとう』と言ってくれた。

「――あぁ、ありがとう」

俺はその気持ちに対して、素直に感謝の言葉を述べた。

その後は、リアが目を覚ますまでローズと一緒に話をすることになる。

なんでも俺との一戦が終わってから、彼女の霊核が妙な高ぶりを見せており、あまり寝付けなかったらしい。

そのまま五分、十分と経過した頃。

「う、ん……っ」

隣で眠るリアがゆっくりと目を開けた。

「あっ、リア！　意識が戻ったのか……っ!?」

「……ぁ、アレ、ン？」

彼女はゆっくり上体を起こすと、不思議そうにキョロキョロと周囲を見回した。

「こ、ここは……？」

「保健室だ。体の方はもう大丈夫か？」

「あっ、うん……。私の体はかなり丈夫だから、ちょっと寝ればもう平気よ」

「そうか」

そういえば、レイア先生も「リアは異常に丈夫だ」と言っていたっけか。

俺がそんな昔のことを思い出していると、

「そっか……。私、負けたんだ……っ」

彼女はポツリとそう呟き、悔しそうに拳を握り締めた。

掛布団に大きな皺が寄り、保健室に沈黙が降りる。

シンと静まり返った状態が十秒二十秒と続いたところで、

「——二人の女子を傷モノにするなんて、アレンはひどい男だな」

隣のベッドに座ったローズが、とんでもないことを口にした。

「え、い、いやそれは……っ。しょ、勝負の上でのことで……な？」

『女の子を傷モノにする』、結果として間違ってはいないが……。

（ちょ、ちょっと誤解を招くというか、悪意のある表現じゃないか……っ⁉）

いったいどう弁解したものかと慌てていると、

「……ほんと、そうよね。どう責任取ってもらおうかしら……？」

「り、リアまで……っ⁉」

ローズの発言に乗っかり、リアまでもそんなことを言い始めた。

「ねぇ、アレン……どうするつもりなんだ？」

「もちろん、責任はちゃんと取ってくれるわよね？」

二対一、数の上では圧倒的不利な状況に立たされた。

「い、いや……っ。その、せ、責任と言われても……っ」

そうして俺がしどろもどろになっていると、

「……ふふっ、冗談だ」

「ふふっ、冗談にしてあげようかな？」

ローズとリアは楽し気に笑う。

「二人とも……勘弁してくれよ……」

ただでさえ俺は『落第剣士』『問題児』『悪の帝王』などと呼ばれ、学院内での評判がよくない。

（人の評判は、正直もう気にもならないが……）

悪口なんてものは、言われない方がいいに決まっている。

俺がホッと胸を撫で下ろしていると、

「――次は剣王祭だね。絶対応援に行くから、負けちゃだめよ？」

「私たちの分まで頑張ってくれ」

リアとローズは、気持ちのいい応援してくれた。

「あぁ、もちろんだ。精一杯努力するよ」

剣王祭、これは五学院に詳しくない俺でもよく知っている。

いや、この国の剣士ならば誰でも知っている剣術の祭典だ。

（氷王学院からは、一年生枠としてシドーさんが出てくるだろう……）

氷王学院だけじゃない。他の五学院からも、とんでもなく強い剣士が出てくることだろう。

（ふふっ、楽しみだな……！）

そうして俺が剣王祭での戦いに胸を躍らせていると、

「あれ……？　そういえばアレン、その傷は？」

目ざといリアは、俺の右腕にグルグルと巻き付けられた包帯を見つけた。

「これは……なんというか、その……。ちょっと筋を痛めてしまったみたいでな。連戦に次ぐ連戦だったから、仕方のないことだな……うん！」

彼女に余計な責任を感じさせないよう、ちょっとした作り話をでっちあげた。しかし、

「…………ねぇ、嘘ついてるでしょ？」

俺の目をジッと見つめたリアは、すぐに嘘を見破ってしまった。

「そ、そんなことないぞ……？」

「ほんとにー……？」

「う……っ。と、とにかく……この傷は俺が無茶をしたせいなんだ！　この話はこれで終わりにしよう！」

そうして話を強引に打ち切った俺は、

「そ、そうだ二人とも！　早く元気になって、また一緒に素振りをしような！」

別の話題にすり替えてリアの追及から逃れた。

「むぅ……わかったわ」

「あぁ、了解した」

こうして波乱に満ちた一年戦争は無事に終わり、俺たちは束の間の日常を楽しむことに

なるのだった。

三：賞金首と目覚め

一年戦争から一夜明けた次の日。

この日は休日であり、久しぶりにゆっくり体を休めようと思っていたのだが……。

突然予定が入ってしまったため、俺は急遽オーレストの中心にあるアイスクリーム屋さんに向かっていた。

「えーっと、確かこのあたりのはずなんだけど……」

お店のパンフレットを片手に周囲を見回していると、

「アレンくーん！　こっちこっちー！」

背後から、通りのいい会長の声が聞こえた。

振り返るとそこには、可愛らしい私服姿でぴょんぴょんと跳ねる彼女の姿があった。

「――すみません、待ちましたか？」

「いいえ、私も今来たところよ」

会長は優しく微笑み、ジッと俺の全身を見つめた。

「……アレンくんの私服姿って新鮮ね。うん、とってもいいと思うわ」

会長からの希望があり、俺は久しぶりに私服を着ていた。

上は黒の羽織に白いシャツ、下は濃紺のズボンというシンプルな装い。

これらは全て、ポーラさんが誕生日にプレゼントしてくれたものだ。

「ありがとうございます。会長もよくお似合いですよ」

上は緩めの白いブラウス。下は深いスリットの入ったロングスカート。胸にはワンポイントとして、赤色のペンダントがあった。

涼しげで上品なこの服装は、会長にとてもよく似合っている。

「ふふっ、ありがと」

そうして簡単な挨拶が終わったところで、

「それにしても昨日の今日だなんて、えらく急な話ですね」

早速、気になっていたことを聞いてみた。

昨日。一年戦争のトロフィーを受け取り、リアとローズの保健室へ向かった直後――会長から一通の手紙を受け取った。

その内容は至極単純。

『このまえ生徒会の仕事を手伝ってもらったお礼に、アイスクリームをごちそうするわ。明日のお昼十二時にオリアナ通りの時計塔で待ち合わせしましょう。シィ＝アークストリア』

ただしその下に三つの条件が書かれていた。

リアとローズには秘密にして俺一人で来ること。

制服ではなく私服で来ること。

目立つから剣を持って来ないこと。

そして手紙の入った可愛らしい封筒には、目的地であるアイスクリーム屋さんのパンフレットが同封されていた。

「ふふっ、『女心と秋の空』って言うでしょ？」

「……そうですか」

全然意味が違うと思うが……。

まぁ、会長が突然なのはいつものことだ。この程度のことで驚いていたら、こっちの身がもたない。

「――ねぇねぇ。リアさんとローズさんには、バレてないわよね？」

会長はキョロキョロと周囲を見回しながら、小さな声でそう呟く。

「ええ、それは大丈夫ですよ」

リアには一言「ちょっと出掛けてくる」と言っただけだし、今日はローズと修業をする予定もない。

「ですが、どうして秘密にするんですか？　別に隠す必要もないと思いますけど……？」

俺が率直な疑問を口にすると、

「もう、鈍感ねぇ……」

会長は首を横に振りながら大きくため息をついた。

「まぁいいわ。そんなことよりも、今日はせっかくのお休み！　丸々一日遊び回りましょう！」

「い、一日……？　アイスを食べるだけという話じゃ――」

「――さぁ、レッツゴー！」

会長はそう言って、意気揚々と歩いていった。

「あっ、ちょっと待ってくださいよ、会長！」

それから彼女の後について行くと、目的地であるアイスクリーム屋さんに到着した。

そこはまるで小さなお城のような外観で、既に多くの女性が長い列を作っていた。

「す、凄い数の人ですね……」

「ふふっ、最近できたばかりで大人気のお店なのよ？」

列の最後尾に並び、店員さんに手渡されたメニューを見ながら順番を待つ。

「うーん……。私はやっぱり、夏季限定の夏みかんアイスかな。アレンくんは決まった？」

「そうですね……。俺はバニラアイスにしようと思います」

注文が決まった後は、二人で雑談に花を咲かせた。

会長は話し上手で聞き上手。そのため、あっという間に待ち時間は過ぎ、気付けば列の先頭に立っていた。

「――すみません。レギュラーサイズのバニラと夏みかんを一つお願いします」

「ありがとうございます！　少々お待ちくださいませ！」

元気のいい店員さんはテキパキと動き、すぐに可愛いデザインのカップに入った球状のアイスが手渡された。

その後、店内に設けられた二人用のテーブル席へ移動して、お互いに腰を落ち着かせる。

「ねぇねぇ、アレンくん。その手じゃ食べにくいよね？　お姉さんが『あーん』してあげよっか？」

会長は分厚く包帯の巻かれた右手をチラリと見た後、小悪魔のような笑みを浮かべた。

「いえ、右手は使えませんが、左手でも食べられますので」

俺は左手で小さなスプーンを持つと、カップに入ったアイスをスムーズに食べてみせた。

「むっ、可愛くない子だ……」

「あ、あはは……。ほら会長、早く食べないとせっかくのアイスが溶けてしまいますよ？」

二人でおいしいアイスに舌鼓を打った後は、お洒落な洋服店巡りをする。

「――いらっしゃいませ！」

今風のお洒落な服を身に纏った若い店員が、ニッコリと笑顔で俺たちを出迎えてくれた。

「ど、どうも……っ」

俺が軽く会釈をしていると、

「――ほらアレンくん、こっちこっち！」

会長は鼻歌まじりにどんどん店の奥へ進んでいった。

「ふむふむ、なかなか可愛いのが揃ってるわねぇ……」

彼女は真剣な目付きで展示された衣服を眺めた。

そして気になったものを自分の体に合わせて、店内に設置されている姿見で確認した。

「――アレンくん、知ってる？　今年の流行色は緑なんだよ？」

「へぇ、そうなんですか。初めて聞きました」

時折そんな短い会話を交わしながら、せわしなく移動する会長の後を付いて回る。

その間俺は、非常に落ち着かない気持ちでソワソワとしていた。

（なんというか、落ち着かないな……っ）

右を見ても左を見ても、みんな『キラキラ』しているのだ。

髪型も服装もばっちりと決まっていて、なんだか場違いなところへ来てしまった感じがする。

（都会に慣れるには、まだまだ時間がかかりそうだな……）

人よりも家畜の方が遥かに多いゴザ村。そんなド田舎で育った俺が、都会に慣れるのは中々に難しい。

その後、十分十五分と経過したところで、

「――ねぇ、アレンくん。こっちの水玉のワンピースとこっちの若葉のワンピース……どっちがいいと思う？」

会長は二種類の可愛らしいワンピースを手に持って小首を傾げた。

「……っ」

その質問を聞いた瞬間、凄まじい衝撃が全身を駆け抜けた。

（都市伝説のようなものだと思っていたが、まさか実在するとは……っ）

女性と買い物へ行ったときに繰り出されるという、地獄の二択問題。

もしも回答を誤れば――女性の機嫌は途端に悪くなり、その日は地獄を見ることになる。

……と聞いたことがある。

（だが、問題はない……！　こういう場合の必勝法は、既にポーラさんから授かっている！）

俺の脳裏に、数年前に交わした彼女との会話が蘇った。

【――いいかいアレン？　女の子ってのは『同意』が欲しい生き物なんだよ】

【同意、ですか……？】

【あぁ、そうさ。例えばそうだね……女の子に『これとこれ、どっちがいい？』と聞かれたとしよう。こういう場合、十中八九その子の中で答えはもう出てんだよ】

【は、はぁ……】

【つまり――そこで求められているのは、同意であってお前の意見じゃないということさ】

【……難しい話ですね。では、どうやってその『答え』を見つければいいんですか？】

【そんなの簡単さ。相手の目を見れば一発でわかるってもんよ！】

【目を見る……】

【女の子ってのは、純粋で素直なもんでねぇ。自分の気に入ったものは、ついつい目で追っちまうものなのさ】

【な、なるほど……】

【まっ、繊細な女心をガサツな男に理解しろってのも無茶な話だが……。歩み寄る姿勢ってのが大事なんだ……よっ！】

ポーラさんはそう言って、巨大な肉切り包丁で豚の首を豪快にはね飛ばした。

（……懐かしいなぁ）

あの日食べた豚の角煮丼は、本当においしかった。

（っと、そうじゃないそうじゃない……。今は目の前の問題に集中するんだ……っ）

少し脱線しかけた思考をもとへ戻した俺は、二種類のワンピースを見比べるフリをしながら、さりげなく会長の目を観察した。

すると彼女の視線は、若葉のワンピースへ移りがちだということがわかった。

（そういえば、今年の流行色は緑色だと言っていたっけか……）

会長の視線に今年の流行色。この二つを結び付ければ、答えはこれしかない！

「俺は若葉模様のワンピースがいいと思います……！」

はっきりとそう断言した。もはや後戻りはできない。

手のひらにじんわりと汗が浮かび、緊張によって心臓の鼓動が速まる。

（……結果はいかに⁉）

唾をごくりと呑み込むと、

「――よかったぁ、私もそう思っていたところなのよ！　じゃあこっちにしーよっと」

会長は大輪の花が咲いたような笑みを浮かべ、若葉のワンピースを持ってレジへ向かった。

（ふぅ……。今日一番の難所だったが、なんとか乗り切ったぞ……）

心の中でポーラさんに感謝しながら、俺は安堵の息を吐いた。

■

その後、俺は会長に連れられて様々な店を見て回った。

（食品店や雑貨屋さん、宝石店に手芸店……。古物店にも顔を出したっけか……）

俺一人なら絶対に立ち寄らない店、見ることのなかった商品。たくさんの未知に触れた

今日は、とても刺激的で楽しかった。

「あーあ……。もうすぐ日が暮れちゃうね」

「ええ、そうですね」

時刻は既に夜の七時。俺と会長は二人肩を並べて、オリアナ通りを歩く。

「……」

「……」

二人の間に少しの沈黙が降り、お互い無言のまましばらく歩き続ける。

（……さすがに疲れたのかな？）

話を振った方がいいのか。それとも黙って歩いた方がいいのか。

どうするべきかと考えていると、

「……ねぇ、アレンくん」

いつになく真面目な表情の会長が口を開いた。

「なんでしょうか？」

「あなた、うちの――『政府側』の人間にならないかしら？」

「……え？」

会長は真剣な表情で、とんでもない勧誘話を持ち出したのだった。

■

一年戦争が終わった翌朝。

「――それじゃリア、ちょっと出掛けてくるよ」

珍しく私服に着替えたアレンは、身支度を整えてそう言った。

「……え？　あ、う、うん……。行ってらっしゃい」

突然のことに驚いた彼女は、ぎこちない笑顔で小さく手を振る。

「あぁ、行ってくる」

彼はそう言って、ゆっくりと扉を閉めた。

そうして広い部屋にポツンと取り残されたリアは、強烈な違和感と嫌な胸騒ぎに襲われていた。

「……おかしい」

見れば、机の横にはアレンの剣が立て掛けられたままだ。

「……絶対におかしい」

どんなときも常に剣を持ち歩いていた彼が、この日に限っては置きっぱなし。

「どこかへ行くときは、いつも必ず行き先を言ってくれてたのに……」

いくつもの小さな異常が大きな不安へ進化し、ずっしりと彼女の肩にのしかかる。

そして、

「……もしかして、女の子？」

一つの結論へたどり着いた。

「い、いやいやいや……！　あの奥手なアレンに限って、そんなことはあり得ないわ！」

パタパタと大きく手を左右に振り、自分の考えを強く否定した。

彼が奥手であることは、他の誰でもないリア自身が一番よく知っていた。

何せ一緒に生活をしてから、既に四か月も経つというのに――全く手を出す素振りを見せないほどなのだ。しかし、

「……アレンに限ってそんなこと……あり得ないわよ、ね？」

絶対に『ない』とは、言い切れなかった。

「たとえアレンが奥手だったとしても、ほかの積極的な女の子に詰め寄られたら……」

脳内でいくつものパターンをシミュレートした結果、

「……まずいかも」

彼女は顔を青ざめさせた。

ローズと極秘裏に開催している情報交換会で、アレンが異性から人気があるという情報は既に耳にしている。

「アレンは優しい……というよりも人にとても甘い……」

その優しさや甘さに付け込まれる可能性は、決してゼロじゃない。

（……危険ね）

そう判断した彼女は、

「こ、こうしちゃいられないわ……っ！」

目立たないよう地味目の私服に着替え、すぐに寮を飛び出した。

「ごめんね、アレン。別にこれはあなたを疑っているわけじゃないの……。変な女から、あなたを守るためなのよ……っ」

誰かに言い訳するようにブツブツと呟きながら、リアはアレンの後を付けていく。

物陰に隠れながら、尾行を続けること十五分。

「そん、な……っ」

彼女の視線の先では、絶望的な光景が繰り広げられていた。

「アレンくーん！　こっちこっちー！」

「──すみません、待ちましたか？」

「いいえ、私も今来たところよ」

自分の信じるアレンが、生徒会長シィ＝アークストリアと合流したのだ。

しかも他の生徒会メンバー、リリムやティリスの姿はない。完全なる一対一。どこからどう見ても完璧な『デート』だった。

「アレ、ン……？」

呆然自失に陥った彼女は、覚束ない足取りで彼の方へ向かっていった。そのとき、

「……何をしてるんだ、リア？」

偶然通りかかったローズが、リアの肩を軽く叩いた。

「うひゃぁ!?」

突然のことに、彼女は甲高い悲鳴をあげて跳び上がる。

慌てて後ろを振り向くとそこには、私服姿のローズがいた。

「ちょ、ちょっと驚かさないでよ！　ローズ！」

「いや、ただ普通に声を掛けただけだが……」

予想外に大きな反応が返ってきたため、彼女が少し困惑していると、

「そ、そんなことよりあなた……！　こんなところで何をしているの⁉」

もしかしてローズまでもが自分に内緒でアレンとデートを――そう誤解したリアは、厳しく問い詰めた。

「『何を』と言われてもな……。今流行のアイスを食べに来ただけだ」

彼女はそう言って、小さなお城のような外観のアイスクリーム屋を指差した。

「そ、そう……っ。それならいいわ」

少なくともローズは敵ではない。

その確信を得たリアは、ホッと胸を撫で下ろす。

「そういうリアの方こそ、こんな物陰で何をやっているんだ？」

「……あれを見て」

リアの指差した先には、

「アレンと……会長⁉」

仲睦まじく話すアレンとシィの姿があった。

「あ、あれはまさか……デート!?」

「ま、まだそう決まったわけじゃないわ！　それを確かめるために、今こうして監視しているのよ！」

「な、なるほど……。私も付き合おう……！」

　こうして二人は、アレンとシィの行動を監視することになった。

■

　目の前にあるアイスクリーム店に入ったアレンとシィ。

　リアとローズは尾行がバレないよう細心の注意を払いながら、長蛇の列に並ぶ。

「すみません。ストロベリーとバニラとチョコバナナとラムネ、抹茶とミルクコーヒーとキャラメルシロップとクリームナッツ……。あっ、あと夏季限定の夏みかんもお願いします……。サイズは全てラージで」

「……相変わらずだな。あっ、私はレギュラーサイズの夏みかんを一つ頼む」

「かしこまりました！」

　元気のいい店員はテキパキと動き、すぐに可愛いデザインのカップに入った球状のアイスを手渡した。

　その後、店内に設けられた二人用のテーブル席へそそくさと移動し、監視を再開する。

「もう、なんであんなに楽しそうなのよ……っ。……あっ、おいしいわね、これ！」

「くっ、なんというか胸がざわつくな……っ。……ふむ、評判通りにいい味をしているな」

その後、様々な店を楽しむアレンとシィを、リアとローズはくさくさとした思いを抱えながら尾行した。

そうして気付けば、あっという間に日が暮れる時間となっていた。

夕焼けがオリアナ通りを照らす中、アレンとシィは肩を並べて静かに歩く。

「うぅ、なんかいい雰囲気だよ……」

「これはまずいな……」

ゴミ箱の後ろに隠れたリアとローズが、ギリギリと歯を食いしばっていると——綺麗な噴水の真ん前でアレンとシィの足が止まった。

シィが真剣な表情で何かを伝えると、アレンは大きく動揺した素振りを見せた。

「……ま、まさか、告白!?」

リアとローズが顔を青く染めたその瞬間、

「——ヴェステリア王国の王女、リア＝ヴェステリアだな？」

黒い外套に身を包んだ男が、突如空から降ってきた。

「っ!?」

リアとローズは突然のことに驚きながらも、すぐに男から距離を取った。

「……人に名を尋ねるときは、まずは自分からと教わらなかったのかしら？」

リアはいつでも〈原初の龍王〉を展開できるようにしながら、目の前の男を観察した。

真紅の短い髪。二メートルほどの巨体に、鍛え上げられた筋肉。歳は三十代半ばほどだろう。彫りの深い精悍な顔立ち。低く渋みのあるその声からは、強い自信を感じさせた。

（こいつ、恐ろしく強い……！）

本能的に相手の強さを見抜いた彼女は、油断なく鋭い視線をぶつけた。

「ざははは！　気の強い娘だな――悪くない！　俺の名はザク＝ボンバール！　さぁ、お前も名乗るが――」

そうしてザクがリアの名を聞こうとしたそのとき、

「――魂装を出せ、リア！」

ローズの切羽詰まった声が響いた。

「せ、征服せよ――〈原初の龍王〉ッ！」

それに反応したリアは、咄嗟に自身の魂装を発現させた。

「こ、この男を知っているの、ローズ⁉」

ローズは既に〈緋寒桜〉を展開しており、凄まじい敵意をザクへ向けている。

「ザク＝ボンバール、またの名を『火炙りのザク』……！　各国の聖騎士支部を目的も無く襲い、全て焼け野原にしてきた危険な男だ。現在も国際指名手配され、その首には高額の賞金が懸けられている」

「ざはは、顔も名前も割れているか！　俺も有名になったものだな！」

ザクは肩を揺らし、楽し気に笑う。

「ここ数年、なんの噂も聞かないと思ったら……。まさか黒の組織に加入していたとはな」

ローズは彼の漆黒の装いから、即座に黒の組織との繋がりを見抜いた。

「あー……、それはまぁ成り行きというやつだ。こっちにもいろいろとあるんだよ……」

ガシガシと豪快に頭を掻くザク。

「まぁなんだ……。命までは取らねぇから安心しろ」

「……っ⁉」

「……来るぞ、油断するな！」

そして、

「吼えろ――〈劫火の礫〉ッ！」

「なっ⁉」

「この出力、は……っ⁉」

ザクが魂装を発現した次の瞬間、巨大な爆炎がリアとローズを呑み込んだ。

■

突然会長から「政府側の人間にならないか？」と問われた俺は、内心非常に困惑していた。

「せ、『政府側』にって……どういうことですか？」

「率直に言えば引き抜き、ヘッドハンティングというやつね。アレンくんさえよければ、すぐにでも父に話を――」

真面目な顔をした会長が、話を進めようとしたそのとき――突如として、巨大な火柱が上がった。

「「なっ⁉」」

突然の事態に、周囲の人々はパニックに陥る。

「な、なんだ⁉　火事か⁉」

「暴漢が暴れているの！　早く聖騎士に連絡して！」

「おいおい、せっかくの休日に勘弁してくれよ……っ」

火柱が上がった場所は近い。俺たちのいる場所からわずか十メートルぐらいのところだ。

「アレンくん！」

「行きましょう！」

急いで現場へ駆けつけるとそこには、焼け焦げた巨大な剣を肩に乗せた男がいた。

「――ざはは、噂に聞く〈原初の龍王〉もこんなものか！　拍子抜けにもほどがあるぞ！」

彼の足元には、地べたに這いつくばるリアとローズの姿があった。

「り、リアさん!?　ローズさんも!?」

「お前……二人に何をした……!?」

俺は傷だらけの右腕を握り締め、目の前の男を強く睨み付けた。

■

気絶したリアとローズを助けるため、一歩大きく前へ踏み出したそのとき、

「待って、アレンくん！」

会長はすぐに俺の手を引いた。

「その腕じゃ、まともには戦えないわ。気持ちはわかるけど、ここは一度冷静になって！」

そう言われて俺は、ようやく自分の状態にまで頭が回った。

いまだスプーンすら握れないほど深く傷ついた右手。

こんな状態じゃ、まともに戦うことはできない。

「ふぅー……っ」

大きく息を吐き出して、熱くなった頭を冷やす。

「……会長、ありがとうございます」

「気にしないで」

彼女は優しい声音でそう呟き、鋭い視線を目の前の巨漢に向けた。

「あなた、ザク＝ボンバールね？　ここ数年消息不明と聞いていたけど、まさか黒の組織に入っていたとは……」

「ほぉ。あんたも俺のことを知ってんのかい？」

「アークストリア家に名を連ねる者として、当然のことよ。それにしてもこんな大物の侵入を許すなんて、国境警備兵は何をしているのかしらね……」

会長は苦々しい顔つきでそう呟くと、さらに別の話を振った。

「それで、目的は何かしら？　例の如く、また聖騎士の支部を焼き払うつもり？」

「ざはは！　それも悪くないが、今日はちょっと『仕事』でな。リア＝ヴェステリアって小娘をかっさらいに来たんだ」

ザクはそう言って、地に倒れ伏すリアに視線を向けた。

「リアさんを……？　それに『仕事』って、黒の組織関連よね？」

「おうとも！　仕事をこなして成果をあげれば、俺も『キラキラ』になれる！　今のような鈍い光じゃない、もっと盛大に輝けるんだ！」

「……『キラキラ』？」

そうして会長がザクと対話を続けていると、

「動くな！　貴様が通報にあった暴漢だな⁉」

「聖騎士協会まで付いて来てもらうぞ！」

「市民のみなさま！　ここは危険ですから、すぐに離れてください！」

三十を超える多数の聖騎士たちが一瞬でザクを包囲した。

「ふふっ、お早い到着ね」

聖騎士の到着を確認した会長は満足気に笑う。

どうやら今の今まで、時間稼ぎのために会話を繋いでいたらしい。

さすがは会長、冷静な判断だ。

「――聖騎士のみなさま、お待ちしておりました。私が先陣を切りますので、みなさまは援護をお願いします」

彼女はザクを視界に捉えたまま、聖騎士たちにそう告げた。

「君、何を言って……⁉　あ、アークストリア様⁉」

会長が政府側の重鎮――アークストリア家の令嬢だと知った瞬間、

「か、かしこまりました！　総員、アークストリア様を援護せよ！」

「「「はっ！」」」

聖騎士はすぐさま敬礼をし、会長の指示に従った。

「ありがとうございます。それと、剣を一振りいただけますか？」

「もちろんでございます！　どうぞこちらを！」

聖騎士は腰に差した剣を抜き、恭しく会長へ手渡した。

こうしてあっという間に得物を手に入れ、戦力を整えた会長はザクに切っ先を突き付ける。

「――大人しく降伏なさい、ザク＝ボンバール。じきに上級聖騎士および五学院の理事長が到着するでしょう。万に一つも、あなたに勝ち目はありません」

すると、

「理事長というと、あの『黒拳』か……！　ざはは、いったいどれほど『キラキラ』しているのか……心が躍るなぁ……！」

何を想像したのか、奴はだらしなく口元を歪ませた。

「ふぅ……まともな話はできなそうね」

会長が短くそう呟いた次の瞬間、

「──なぁ、お前たちは『キラキラ』しているか？」

一瞬で会長の背後を取ったザクは、既に巨大な剣を天高く掲げていた。

「……なっ⁉」

「会長、避けてください！」

俺が咄嗟に注意を発したが──少し遅かった。

「──〈劫火の円環〉ッ！」

ザクを中心に巨大な爆炎が吹き荒れる。

凄まじい衝撃波が周囲の建物を破壊し、強烈な熱波が道路を焼いた。

「きゃあっ⁉」

爆炎に吹き飛ばされた会長は後頭部を強打し、そのまま意識を失った。

「ぐ、が……っ」

「い、痛え……っ。痛えよ……っ」

「ば、化物め……っ」

あれだけの数を誇った聖騎士は、たったの一撃で壊滅状態となった。

「嘘だろ……？」

ザクの強さはまさに圧倒的。桁外れの力をまざまざと見せつけた。

「ざはははは！　どいつもこいつも『キラキラ』が足りんぞぉ！」

焦土と化したオリアナ通りに、野太い笑い声が木霊する。

その後、ひとしきり会長たちを嘲笑った奴は、

「――よっこらせっと」

気絶したリアを小脇に抱え、どこかへ歩き出した。

俺はその様子を――どこか遠い世界で起きたことのようにぼんやりと見つめていた。

(……どうして、こうなった？)

今日は自由奔放な会長に連れられて、慌ただしくも楽しい一日を過ごしていたはずだ。

日も暮れ始めたのでそろそろ彼女を屋敷まで送り届け、その後は寮に戻ってリアと一緒にごはんを食べて、ほどよい時間になったら同じベッドで一緒に眠る。

(そんないつも通りの幸せな一日を送るはずだったのに……)

どうして、こんなことになってしまったんだ？

「……おい、待てよ」

「ん……？」

俺の呟きに反応し、ザクはゆっくりと振り返った。

奴の小脇に抱えられたリアの肩から血が垂れているのが見えた。

「……っ」

先ほど抑え込んだ怒りが、体の奥底からフツフツと湧き上がってくる。

「……返せ」

「なんだって？」

「……リアを……返せ！」

俺は気を失った聖騎士から剣を借り、包帯でグルグル巻きになった右手でしっかりと握った。

「……っ」

一瞬だけ鋭い痛みが走ったが、すぐにそれは消えてなくなった。

「――うぉおおおおおおおおっ！」

ザク目掛けて一直線に駆け抜け、

「八の太刀――八咫烏ッ！」

持てる全ての力を込めて、渾身の一撃を放った。

両手・両足・頭・首・胸・腹――八つの斬撃が奴の体へ殺到する。

「はぁ……。弱々しい光だ……〈劫火の盾〉」

奴が巨大な剣を軽く一振りすると、重厚な炎の盾が現れた。

目が痛くなるような赤色の盾は、八つの斬撃を瞬く間に呑み込んだ。

「なっ⁉」

リアの〈原初の龍王〉を軽く凌駕する出力。

その力の差に俺が愕然としていると、

「そらよっと！」

ザクは続けざまに、強烈な前蹴りを放った。

「が、は……っ⁉」

バキボキという嫌な音が腹部から鳴り響き、遥か後方へと吹き飛ばされた。

「……く、そっ」

折れた骨が内臓を傷付けたのだろう、口の中に鉄の味が充満した。

視界が明滅する中、なんとかゆっくりと立ち上がる。

「待、て……っ」

「ほぉ、てんで弱いのに体だけは丈夫じゃないか！　ざははは！」

俺はその嘲笑に耳を傾けず、

「リアを……返せ……っ！」

満身創痍のまま、再び駆け出した。

「五の太刀――断界ッ！」

痛みに耐え、歯を食いしばり――全力で剣を振り下ろしたその瞬間、

「遅い遅い……剣が届くまでに寝てしまうぞ……。――〈劫火の死槍〉ッ！」

視界が炎で埋め尽くされた。

「そん、な……っ⁉」

聖騎士に借りた剣が真っ二つに折れ――灼熱の劫火が俺の全身を包み込んだ。

「か、は……っ⁉」

熱い。痛い。苦しい。

言い表しようのない苦痛が全身を駆け抜けた。

「ま、だ……だ……っ」

決して引かなかった。濁流のような炎に身を焼かれながら、それでも一歩前へ踏み出した。

(絶対に……取り返す……。こんなわけのわからない奴に……リアは渡さない……！)

奴を斬るための剣は、もう折れてしまった。

それでも俺は諦めず、拳を固く握り締め――さらに一歩前へと進んだ。

「お、おいおい……普通は死ぬぞ……？」

絶え間なく押し寄せる劫火の隙間から、ほんのわずかにザクの顔が見えた。

（これが最後のチャンスだ……！）

全ての力を込めた右ストレートを、奴の顔面目掛けて放った。

「うぉおおおおおおお！」

「ざはは！　根性と忍耐力だけは一人前だが、実力が全く伴っておらんなぁ！　――〈劫火の盾〉ッ！」

ザクの眼前に巨大な炎の盾が出現し、

「ぐ、があああああ!?」

その苛烈な炎が右手を焼いた。

（まだ、だ……っ。こんなところで……終わってたまるか……！）

俺はもう一度右手を振りかぶり、炎の盾目掛けて殴り付ける。

「――があッ！」

その瞬間、俺の右手に凄まじい密度を誇る『黒いナニカ』が生まれた。

そこから溢れ出す漆黒の闇は、いとも容易く炎の盾を食い尽くす。

「なんだと!?」

さらに闇はその勢いを維持したまま、ザクを食い殺さんと突き進む。

「ぐっ、〈劫火の死槍(ブレイズ・ランス)〉ッ！」

奴は咄嗟(とっさ)にリアを放(ほう)り捨て、灼熱の劫火を解き放った。

まるで生き物のように蠢(うごめ)く邪悪(じゃあく)な『黒』と全てを焼き焦(こ)がす『赤』が激しく激突(げきとつ)する。

「うぉおおおおおおおっ！」

「馬鹿(ばか)、な……!? なん、だ……このふざけた出力は……っ!?」

その結果、

「ぬ、ぐ、ぉおおおおおおぉっ!?」

漆黒の闇は奴の炎を貪(むさぼ)り食い――それに呑まれたザクは、遥か遠方へ吹き飛ばされた。

■

なんとかザクを撃退した俺はその場で膝(ひざ)を突き、自分の右手に視線を落とす。

「はぁはぁ……。何が、起きた……？」

無我夢中で拳(こぶし)を振り下ろしたあの瞬間、凄まじい密度の『黒いナニカ』が右手の中に生まれた。

（あれはそう……。一年戦争の決勝で、冥轟(めいごう)を殴り消したときの感覚によく似ていた……）

違(ちが)いがあるとするならば、その威力(いりょく)だ。あのときは、ここまでの規模と破壊力はなかった。それに何より、あんな漆黒の闇は生まれてこなかった。

（この力は、いったいなんなんだ……？）

そんなことを考えていると、遠方から巨大な火柱が立ち昇った。

「なっ!?」

「ざははははははは！　見える、見えるぞ……！　燦然と輝く、『キラキラ』がぁあああああ！」

炎の鎧に包まれたザクが、野太い雄叫びを上げながらこちらへ戻ってくる。

「嘘、だろ……!?」

その体には、わずかな切り傷一つなかった。

「今の一撃を食らって無傷、だと……!?」

俺が呆然と立ち竦んでいると、

「よぉ、お前の名前は……っと、駄目だ駄目だ。『人に名を尋ねるときは、まずは自分から』だったな！」

いったい何がおもしろいのか、突然奴は「ざはははは！」と笑い出した。

「――俺の名はザク＝ボンバール！　今は縁あって黒の組織に所属している！　さぁ、お前の名を教えてくれ！」

何故か今になって自己紹介を始めた奴は、腕組みをしながら俺の返答を待った。

正直わけがわからないが、名乗られたからには名乗り返す必要がある。

「……アレン＝ロードルだ」

小さくそう答えると、ザクは満足気に頷いた。

「アレン＝ロードルか……。ざはは、いい名前だな！　しっかりと覚えたぞ！」

そして、

「さぁ、あの『黒い闇』をもう一度出せ！」

全くわけのわからないことを言い出した。

「……は？」

「『……は？』ではない！　今の一撃はアレンの魂装だろう？　ほれ、そう焦らしてくれるな！　あの輝きを――キラキラを見せてくれ！　さぁ、早く！」

奴は右手を前に突き出し、急かすようにそう言った。

「……期待に添えなくて悪いが、俺はまだ魂装を発現していない」

「なに!?　ということは……未発現であの威力なのか!?　ざ、ざはははは！　素晴らしい、凄まじい才能だ！　――いいだろう、ならば教えてくれよう！」

いったい何がそんなに楽しいのか、奴は鼻息を荒くして語り始めた。

「魂装の力を引き出す方法は、大きく分けて三つだ！　一つ、霊核と話を付けて力を借りる。一つ、霊核と交渉し条件付きで力を借りる。そして最後の方法は――霊核を捻じ伏せて強引に奪う！」

　ザクは一本一本指を折りながらそう解説した。

「これはさっきの一撃を受けての感想なんだが……。お前の霊核は、かなり気性の荒い奴ではないか？」

「……よくわかったな」

「ざはは、やはりそうか！　そういう凶暴な霊核を相手に、話し合いや交渉は無理だ！　消去法的に、霊核を捻じ伏せるほかない！」

「それができたら、苦労はないんだよ」

　アイツを力で捻じ伏せる――『言うは易く行うは難し』の究極系のような話だ。

　俺が静かに首を横へ振ると、ザクは不思議そうな表情を浮かべた。

「む？　アレンほどの胆力があれば、不可能ではないはずだぞ？　何せお前は〈劫火の礫〉の炎に物怖じせず、生身で突き進むような、化物染みた精神力を持つ男だからな！」

「……百歩譲って、俺の精神力が人より少しだけ優れていたとしよう。でもな、アイツを――霊核を捻じ伏せる力がなければ、魂装は発現しないんだよ」

「ぬぅ……アレンよ、なにか勘違いしておらんか？　霊核の力を『全て』引き出すには、お前の言う通り物理的に捻じ伏せる必要がある。だが、力の『一部』を奪うだけなら——心で捻じ伏せれば十分に足りよう！」

「……心で、捻じ伏せる？」

「そうだ。心を強く持て、覚悟を決めろ、信念を曲げるな！　その強き精神力をもって霊核を捻じ伏せろ！　そしてもっと輝きを——キラキラを見せてくれ！」

興奮したザクがそう熱弁したその瞬間、

「——いい加減にしろ、このウスノロが！」

「ぐはっ⁉」

突如現れた謎の女性が、奴の後頭部を蹴り付けた。

「痛っつつつ……っ。おいおい、トール！　せっかくいいところなのに何をするか！」

「『何をするか！』はこっちの台詞だ、大馬鹿野郎！　集合時間になっても来ないと思ったら、どこで油を売ってやがる！」

「おぉ、そうだ！　聞いてくれよ、トール！　素晴らしいキラキラの原石を見つけたんだ！　俺の見立てでは、過去最高クラスの一品だぞ！」

「ちっ……。仕事中にわけわかんねぇこと言ってんじゃねぇ！　相変わらず、気持ち悪い奴だな……」

トールは黒い外套を着た、背の低い細身の女の子だった。

見た目の上では、目つきの悪い十代前半の少女。外側にはねた薄紅の髪。前髪部分はシンプルなピンで留められ、額が大きく出されている。

（あの黒い外套。こいつも黒の組織か……っ）

ザク一人を相手にこのありさまなのに、ここに来てさらなる援軍……。

正直、状況は最悪だ。

俺が歯を食いしばり、この難局を打開する名案を考えていると、

「おい、デカブツ！　さっさと王女を持て、ずらかるぞ！」

トールは戦う姿勢を一切見せず、冷静に仕事をこなそうとした。

「ま、待て待て！　せっかくキラキラの原石を見つけたんだ……もう少し遊んだっていいだろう!?」

「馬鹿が、任務を優先しろ！　連絡によれば、あの『黒拳』が凄まじい速度でこちらへ向かっているらしい。王女を連れてさっさとずらかるぞ！」

どうやら騒ぎを聞きつけたレイア先生が、こちらへ向かってくれているようだ。

「ほぅ、あの黒拳がここに！　なぁおい、俺たち二人なら殺れるんじゃないか？」

「自惚れんじゃねぇよ、単細胞！　相手は『超越者』、勝てるわけねぇだろうが！　やる

ならてめぇ一人でやって、そんで精々無様に死ね！」

「ざはは、もう数年の仲になるというのに冷たい奴だ！」

話し合いを終えたザクは〈劫火の磔〉を解除し、気絶したリアを小脇に抱え込んだ。

「よし、行くぞ」

「おう」

二人は短くそう言うと、凄まじい速度で撤退した。

「なっ、待て！」

俺がそう叫んだ次の瞬間。

「——てめぇみてぇなクソ餓鬼に、構ってる時間はねぇんだよ」

遥か前方にいたはずのトールが、いつの間にか背後に立っていた。

「なっ⁉」

「——死ね」

懐から取り出された短剣が、俺の首へ突き立てられた。

その瞬間、カキンという硬質な音が響く。

「なん、だと……っ⁉」

刀身が錆び付いていたのだろうか。

トールの放った一撃は、俺の皮膚を断つことはなかった。

「ちぃ……っ」

短剣を放り捨てた彼女は、俊敏な動きで俺から距離を取った。

「おいおい、なんだあの生き物？　刃の通らねぇ人間なんざ、聞いたことがねぇぞ……!?」

「ざはは、いい具合にキラキラしてるだろう！　今はまだ未熟だが、こいつはいつか輝くぞ！」

ザクとトールが話を交わしている間に、俺は二人のもとへ駆け寄る。

「リアを……置いていけ……！」

「ちっ。お前のような『未知の獣』を相手にしてるほど、あたしらは暇じゃないんだよ！」

彼女がその身に纏う黒い外套を広げた瞬間、

「「キーキーキーッ！」」

その中から、大量の蝙蝠が飛び出してきた。

「な、なんだ……!?」

蝙蝠は俺の視界を覆い隠すように、バサバサと顔の周りを飛び回る。

「――よし、今のうちだ。退くぞ、ウスノロ」

「ざはは！　またどこかで会おう、キラキラの原石よ！」

邪魔な蝙蝠を追い払っている間にも、二人の声は遠くなっていった。

「くっ……おい、待て！」

そうして俺が一歩前へ踏み出したところで、

「あ、れ……？」

視界が大きく揺れた。

平衡感覚がない。奇妙な浮遊感に全身が包み込まれていた。

まるで沼に両足を取られたかのように、足が前に進まない。

（なん、だ……これ？）

奇妙に思った俺が下を見ると――そこには大きな赤色の水たまりがあった。

「これ、全部……俺の血、か……？」

そう認識した瞬間、これまでに受けたダメージが一気に全身を駆け巡った。

「く、そ……っ」

そうして俺は、血の海に溺れながら意識をそっと手放したのだった。

「――おいアレン、しっかりしろ！　くそっ……十八号！」

「はっ！」

「アレンを見張っておけ！　治療は不要だ、既に再生は始まっている。もし万が一アイツが表に出て来たときは、殺す気で叩け！　絶対に『初期硬直』を見逃すな！」

「かしこまりました」

「私は奴等を追う！　後は任せたぞ！」

■

ぼんやりとした意識の中、女性の硬い声が聞こえてきた。

「――あぁ、黒の組織だ！　長身のでかい男と細身の女の二人組で、例の黒い外套を着ている！　何か情報が入り次第、すぐに連絡してくれ！」

この声は、レイア先生だ。

（あれ……。そういえば、俺は何をしてたんだっけ……？）

ゆっくりと頭が動き出し、徐々に感覚がはっきりとしてきた。

（……見慣れない天井だ）

どうやら仰向けにして寝かされているようだ。

俺は体の上にかぶせられた茶色いタオルケットをのけ、ゆっくりと上体を起こす。

「……ここは？」

「――気が付いたか、アレン！　安心しろ、学院の理事長室だ。奴等はもういない」

「奴等……？　……っ!?」

その言葉を聞いた瞬間、冷や水をかけられたように心臓が飛び跳ねた。

会長との店巡り。リアとローズを襲った黒の組織。ザクとトールとの戦闘。

その全てをはっきりと思い出した。

「そうだ、リアは!?　リアは無事なんですか!?」

俺はすぐさま立ち上がり、レイア先生に詰め寄った。

すると彼女は、静かに首を横へ振った。

「……すまん。私が駆けつけたときには、既に連れ去られた後だった……」

「そん、な……っ」

一瞬で血の気が引き、視界がチカチカと明滅した。

「お、おい……大丈夫か!?」

強い眩暈に襲われてフラついた俺の体を、先生は慌てて支えてくれた。

考えたくもないのに、嫌な想像ばかりが頭をよぎる。

もしもリアがひどい目に遭わされていたら、どうしよう。

もしもリアが辱めを受けていたら、どうしよう。

もしもリアが——もう殺されてしまっていたら、どうしよう。

そんないくつもの『もしも』が、俺の頭を埋め尽くした。

(だ、駄目だ駄目だ……しっかりしろ……！　ここで塞ぎ込んでいても何も変えられないぞ……っ)

両の拳を握り締め、歯を食いしばり、しっかりと気持ちを持ち直した。

「すみません、もう大丈夫です。そんなことよりも、奴等はどこへ行ったんですか？」

「……そうだな。その話をする前に、情報の共有をしておこうか」

先生はそう言って、顔写真付きの手配書を机の上に並べた。

「これが火炙りのザク＝ボンバール、そしてこっちが奇術師トール＝サモンズの手配書だ。見ての通り、どちらも国際手配された一級賞金首たちだ。あの二人を相手によく無事でいてくれたな、アレン」

その話を聞いて、ハッと思い出した。

(そういえば……瀕死の重傷を負っていたはず、だよな……？)

俺は〈劫火の死槍〉に貫かれた上、全身を灼熱の劫火で焼かれ、最終的には出血多量で意識を失い——気付いたらここで寝かされていた。

恐る恐る自分の腹部に視線を落とすと、

（え……？）

そこには火傷の痕はおろか、傷一つ残っていなかった。

（この国の医学は発展しているけど、さすがにちょっと早すぎじゃないか？）

もしかしてレイア先生が、理事長権限で優秀な医者を派遣してくれたのだろうか？

そんなことを考えていると、

「――さて、次はこれを見てくれ」

彼女は机の上に広げられた国土地図を指差した。

「現在はアークストリア家が各所に手を回し、国境警備をかつてないほどに強化している。あれほどの警備網を潜り抜けるのは、至難の業だ。奴等は間違いなく、まだ国内に潜伏している！」

どうやら俺が眠っている間、会長が『アークストリア』の力を使って動いてくれていたようだ。

「そして黒の組織の目的から、奴等がリアを即座に殺すことはあり得ない」

「黒の組織の目的、ですか……？」

俺がそう問い掛けると、

「……すまんな。こればっかりは、国家の重要機密事項に該当するのでな。君の身を守るという意味でも、今はまだ伝えるわけにはいかない」

先生は少し苦い顔をして首を横に振った。

「そう、ですか……」

とても気になる話だが……重要機密事項と言われては、これ以上追及できない。

「詳しく話すことはできないが……。奴等はほぼ間違いなく、この国のどこかにある『研究所』へリアを連れ込んだはずだ。そこから『解析』が終わるまでの二十四時間――リアに危害を加えることは絶対にできない」

「た、たったの二十四時間……!?」

それはあまりにも短い時間だった。

「あぁ、研究所の位置にもよるが……。深夜零時が刻限と見ていいだろう」

俺はすぐに部屋の掛け時計を確認した。

現在時刻は昼の十二時。もう半日しか残されていなかった。

「――とにかく！　奴等の研究所がどこにあるのか、それが判明しないうちは戦うことすらできん。アレン、君も一緒に探すのを手伝ってくれ！」

「はい、わかりました……！」

そうして俺は奴等の研究所を探るべく、千刃学院を飛び出した。

「待っていてくれよ、リア……」

今日の零時までに、絶対に見つけ出してやるからな……！

■

それから俺は、必死になって聞き込みを続けた。

まずは寮母のポーラさんに魔剣士協会のボンズさん。それから生徒会のリリム先輩にテイリス先輩。その後は、オーレストにいる通行人へ手当たり次第に声を掛けた。

持てる人脈の全てを活用し、ひたすら足を使って捜し回ったが……収穫はゼロだった。

「くそっ、どうすればいいんだ……」

日はもう完全に落ち、夜闇が世界を覆い尽くす。

時刻は夜の九時。刻限の零時まで残りわずか三時間。

（こうしている間も……。リアはきっと苦しんでいるはずだ……っ）

そう考えると、悔しさと苛立ちで頭がどうにかなりそうだった。

だけど、敵の居場所がわからない現状――どうすることもできない。

『情報』というものの重みを嫌というほど痛感させられた。

（……もしかしたら、レイア先生がもう見つけてくれているかもしれない）

俺は最後の希望に縋りつくように、重たい足を引きずって彼女のもとへ向かった。

千刃学院の門を潜り、理事長室へと足を進める。

重厚な黒い扉をノックすると「……入れ」という短い返事が返ってきた。

その声には疲れの色がありありと浮かんでいる。

「――失礼します」

ゆっくり扉を開けるとそこには、分厚い書類に目を通すレイア先生の姿があった。

「……アレンか、どうだった？」

「すみません、一日中走り回りましたが……。なんの成果も得られませんでした……っ」

「そうか……。私も手当たり次第に連絡を取っているが、結果は芳しくない……」

先生はそう言って、大きく息を吐き出した。

理事長室に重たい空気が流れる。それから一分、二分と経過したところで、

「……研究所の位置情報を握っている奴に、一人だけ心当たりがある」

先生はとんでもないことを口にした。

「ほ、本当ですか!?」

「あぁ。いろいろと黒い噂の絶えない奴だが、その情報網はまさに『別格』だ。十中八九、研究所の位置も把握しているだろう」

彼女は複雑な表情を浮かべたまま、話を続けていく。

「だが、性根の腐り切った奴のことだ。素直に口を割るとは思えない。『ほぼ百パーセント』無駄足になってしまうだろう……」

「可能性がゼロでないなら、やってみる価値はあります！　それに現状もう時間がありません！　先生、ぜひその人を教えてください！」

「……」

　先生は少し躊躇した後、静かに口を開いた。

「そいつは――五豪商の一人にして『狐金融』の元締め、リゼ＝ドーラハイン。名門貴族ドーラハイン家の長女でありながら、『闇』との深い繋がりを噂される魔性の女。通称、血狐のリゼだ」

「リゼ＝ドーラハインって……もしかして、フェリスさんのお姉さんですか!?」

「なんだ、知っているのか？」

「は、はい……っ。いや、そんなことよりも、本当にリゼさんは研究所の位置を知っているんですか!?」

「あぁ、それはほぼ間違いないだろう。しかし、リゼは名実ともにこの国一の大富豪。そして何より、その陰険さは有名だ。そんなあいつから情報を引き出すことは、ほぼ不可能と言っていい。何せ欲しいものは、全て持っているからな……。門前払いに遭うのがオチだろう……」

　俺はリゼさんのことをそんなに詳しく知らない。

　もしかしたら……先生の言う通り、そう簡単にこちらの願いを聞いてくれないかもしれない。

　だけど、一度だけなら通るはずだ。

「それならいけるかもしれません！」

「どういうことだ？」

　そうだ。すっかり忘れていた。

（俺は持っている……っ）

　凄まじい富と財産を誇る五豪商、リゼ＝ドーラハインさん。

　そんな彼女に『どんなときでも一度だけ力を貸してもらえる』という、とてつもない特権を……！

「『いけるかも』とはどういうことだ、アレン!?　詳しく説明してくれ！」

「はい！　実は――」

　それから俺は、三か月前にあった大同商祭での事件を話した。

　魔剣士として活動しているとき、オーレストからドレスティアまでの護衛任務を引き受けたこと。

そこでは年に一度の大同商祭が開かれており、五豪商が大同商館で会合を開いていたこと。

その機を狙った黒の組織が大同商館を爆破し、五豪商を襲撃したこと。

そこに偶然居合わせた俺たちは黒の組織を撃退し、そのお礼としてリゼさんから『どんなときでも一度だけ力を貸す権利』をもらったこと。

「なるほど、そういうことか……」

「はい、リゼさんならきっと力になってくれると思います！」

すると先生は、難しい顔をして押し黙ってしまった。

「アレンの目にどう映ったかは知らないが、リゼは性根の腐った血も涙もない下種だ……」

「そ、そうでしょうか？」

ドレスティアで会った時には、そんなひどい人には見えなかったけど……。

「あいつはたった一代で、『狐金融』を築き上げた辣腕の経営者だ。常にコロコロと笑みを浮かべ、人あたりも悪くないため、パッと見はいい人のように見えるだろう」

確かに、あの柔らかい笑顔は記憶に残っている。

「だが、リゼほどあくどく、狡猾な奴はいない。奴は狐金融を発展させるにあたり、法律スレスレ――時には完全に真っ黒な手法で、邪魔な同業他社や反対勢力を次々に潰していった。そうして金融市場を半ば独占した後は、『闇』と繋がりを持った。これは、報復や政府の規制から身を守るための『後ろ盾』だろうな。今ではどこの組織が狐金融と繋がりがあるのかもわからない。触れてはいけない闇と化している。正直、リゼ＝ドーラハインという人間は全くもって信用ならん」

そう話を締めくくったレイア先生は、最後に一言だけ付け足した。

「――しかし、これまであいつが約束を破ったという話は、ただの一度も聞いたことがない」

「そ、それなら……！」

「あぁ、もう時間も策もないからな……。アレン、その貴重な権利を使わせてもらってもいいか？」

「はい、もちろんです！」

そうして、ようやく一筋の光明が差し込んだそのとき、

「――ちょっと待ってくれ！」

額に包帯を巻いたローズが理事長室に飛び込んできた。

「ろ、ローズ⁉　よかった、無事だったんだな！」

「おぉ、意識が戻ったのか！」

俺たちが彼女のもとへ駆け寄ると、

「ありがとう、体はもう大丈夫だ。――だから、私も連れて行ってほしい」

ローズは真っ直ぐこちらを見つめながら、はっきりとそう言った。

「ローズ……。気持ちは嬉しいけど、その体じゃ……」

彼女の手足には、血のにじんだ包帯が巻かれている。どこからどう見ても、戦えるような状態じゃない。

「体のことなら大丈夫だ。戦闘時には〈緋寒桜〉の力で、いくらでも動いてくれる！」

「そうは言ってもな……」

あの力には持続時間があるし、本人もまだ完全に制御できていないと言っている。

ローズの体を第一に考えるならば、ここで体を休めた方がいいだろう。しかし、

「――よし、いいだろう」

レイア先生はあっさりとローズの同行を認めた。

「せ、先生⁉」

「国境警備に当たらせた十八号が使えない現状、戦力は少しでも多い方がいい。それにローズには強化系の魂装があるから、多少の怪我は問題にならないだろう」

俺よりもずっと魂装に詳しい彼女にそう断言されれば、納得するしかない。

「ローズ、頼むから無理だけはしないでくれよ？」

「ありがとう、アレン」

そうして話がまとまったところで、

「――それではこれより、ドレスティアへ向けて出発する！　早馬を用意させるから、君たちは校庭で待っていてくれ！」

先生は早足で理事長室を飛び出して行った。

■

それから俺たちは、理事長専用の早馬を使って移動を開始した。

都のオーレストから商人の街ドレスティアまで、そう遠くはない。

しばらくの間、馬車に揺られていると――気付けばもう目的地へ到着していた。

「……三か月ぶりのドレスティア、だな」

ドレスティアの中央部を通る『神様通り』に降り立った俺は、グルリと周囲を眺めた。

通りの両端には所狭しと露店が並び、夜の十時を回ろうかという時間なのに、まるで昼間のように人の往来が活発だった。

「さて、リゼの邸宅はこっちだ」

早足で進むレイア先生に付いて、ドレスティアの街を右へ左へと進んでいけば――一軒の巨大な邸宅が見えてきた。

「相変わらず、財をひけらかした嫌味な家だな……」

白亜の宮殿を思わせる美しいその邸宅は、驚くほどに大きかった。

六階建て、いや七階建てに届くだろうか。

広い庭には大きなプールと綺麗な噴水があり、遠目に石造りの美しい庭園も見られた。

様々な文化が混ざり合った立派な邸宅、それを意匠の凝った鉄柵が囲んでいる。

（す、凄いな……っ）

その圧倒的な住まいに目を奪われていると、懐中電灯の光が俺たちを照らしつけた。

「何者だ！　こんな時間に、何故リゼ様の邸宅を覗き見ている⁉　ことと次第によっては……なっ⁉」

リゼさんの私兵と思われる彼らは、顔を青くしながら大慌てで俺たちを取り囲んだ。

「き、貴様『黒拳』だな⁉」

「なにぃ⁉　性懲りもなく、また来たのか⁉」

「……いったい、何の用だ？」

いったい過去に何があったのか、先生はひどく目を付けられているようだ。

「ま、待て待てお前たち！　今日はそういう用件じゃない。ただ話し合いに来ただけだ！」

彼女はぎこちない微笑みを作りながら、素早く用件を口にした。しかし、

「そうか、それは残念だったな！　リゼ様は既に御就寝なされている！」

「用があるならば、明日また出直してくるがいい！」

まさに門前払い。交渉の余地もなかった。

「……うむ、やはり力ずくでいくしかなさそうだな」

先生がため息交じりに、握りこぶしを作ったそのとき、

「……いや、待て。そこの少年、もしや『アレン＝ロードル』ではないか？」

一人の私兵が「待った」の声を掛けた。

「は、はい。そうですが……？」

「ふむ、やはりそうか……。貴様が訪ねてきたときは、ここを通すようにと言われている。

――さぁ入れ、リゼ様は二階の広間でくつろいでおられる」

彼はそう言って、小さく門を開けた。

「ちょ、ちょっと待て、お前ら！　さっきリゼは寝ていると言っていなかったか⁉」

「黒拳よ。貴様は頭まで筋肉に支配されたのか？　そんなもの嘘に決まっているだろうが！」

「ふん、お前のような危険な輩を通すわけにはいかんからな！」

「通せと言われてるのは、アレン＝ロードルのみ。大人しくそこで待っていてもらおうか」

どうやらここの私兵たちは、完全に先生を敵視しているようだ。

「……先生、ローズ。ちょっと行ってくるよ」

「アレン、気を付けてくれ」

「気を付けろよ、アレン……。相手はあの血狐だ。何かあったら、すぐに大声を出すんだぞ？」

「あ、あはは……。リゼさんはそんな変なことしませんよ」

そうして二人と別れた俺は、豪奢な門を通り抜ける。

広い庭園を進み、邸宅の扉をゆっくりと開く。

（よ、予想はしていたけど、やっぱり凄いな……っ）

真紅の絨毯が敷かれた大理石の床。天井からぶら下げられたガラス細工のようなシャンデリア。壁に掛けられた名画めいた絵画。

俺みたいな庶民には一生縁のない、別世界が広がっていた。

「え、えーっと……。確か二階の広間だったよな……」

衛兵の言葉を思い出し、目に付いた階段を上がっていくとそこには——銀のティーカップで紅茶を飲むリゼさんの姿があった。

　リゼ＝ドーラハイン。

　白と赤を基調とした火のような美しい着物を纏った、絶世の美女。サイドでまとめられた長く赤白い髪。そこに挿された鮮やかな火を模したかんざし。健康的で艶と張りのある肌。切れ長の狐目。落ち着いた雰囲気を醸し出す彼女は、気品と余裕を併せ持つ『大人の女性』と呼べる存在だ。

「――リゼさん、夜分遅くに失礼します」

「あらまぁ、アレンくんやないの。どないしたん、こんな夜遅くに？」

　彼女は優しい笑みを浮かべながら、コテンと小首を傾げた。

「すみません、時間がないので単刀直入に聞かせていただきます。――俺の大事な友達、リア＝ヴェステリアが黒の組織に誘拐されました。奴等はこの国のどこかにある『研究所』へ身を隠したそうです。リゼさん、奴等の隠れ家に心当たりはありませんか？」

「うん、もちろん知っとるよ」

　彼女はなんら隠し立てすることも、もったいぶることもなく、ごくあっさりと頷いた。

「ほ、本当ですか!?」

「そらもう、うちは嘘が嫌いやさかいなぁ」

リゼさんはそう言って、紅茶に口をつけた。

「でしたら、その……。あのときの『どんなときでも一度だけ、力を貸してもらえる権利』で、奴等の研究所の場所を教えてもらえないでしょうか……!?」

「もちろんええよ」

彼女はあっさりと承諾した後、

「――せやけど、ほんまにええの？　こんなことに使ってもうて？」

小首を傾げながら、妙な話を振ってきた。

「自分で言うのもアレやけど……。一度だけとはいえ、このリゼ＝ドーラハインにお願いごとができんねんで？　もっと自分のために使ったらどうや？」

リゼさんは品のある所作で立ち上がると、俺の周りをゆっくり回り始めた。

「ほんまに『なんでも』ええんやよ？　金銀財宝、名刀に権力――うちの力を使えば、なあんでも用意してあげられる。そんな凄い権利やのに……薄汚れた研究所の場所知るために使うなんて、なんやえらい馬鹿らしいと思わん？」

やっぱり彼女はとても優しい人だ。

俺のことを考えて、いろいろな可能性を提示してくれている。

それはとてもありがたいことだが――『答え』はもう、とっくの昔に決まっていた。

「――ありがとうございます。それでも俺は、リアの居場所が知りたいんです」

別にお金が欲しくないわけじゃない。

母さんに楽な生活をさせてあげるためにも――今後、お金は必要になってくる。

(でも、友達を見捨てて手に入れたお金じゃ、母さんは絶対に喜ばないはずだ……!)

すると、

「そっか……。ふふっ、やっぱりうちはシドーくんやのうて、アレンくん派やなぁ……」

リゼさんは小声で何事かを呟くと、着物の袖から丸められた地図を取り出した。

「さっ、受け取り。実はそろそろ来る頃や思て、こっそり準備しとったんよ」

「あ、ありがとうございます……!」

俺が感謝の言葉を述べると、彼女は優しく微笑んだ。

「その地図の中に一か所だけ赤いバツ印があるやろ？　そこが奴等の研究所や」

丸まった地図を広げれば、確かに一か所赤いバツ印があった。

「それじゃ、うちはまだ仕事があるさかい。このへんで失礼させてもらうわ」

「本当に……本当にありがとうございます！」

「ふふっ。受けた恩を返しただけやさかい、気にせんでええよぉ。ほな、今後とも狐金融をごひいきにぃ～」

彼女はそう言って、屋敷の三階へ上がっていった。

「リゼさん、ありがとうございます……っ」

俺は最後にもう一度お礼を言って、彼女の邸宅を飛び出した。

「――それにしても、やっぱりアレンくんはええなぁ。あの純粋無垢な子が、将来どんな『色』を見せてくれるのか……。ふふっ、ほんまに先が楽しみな子やわぁ……」

■

探し求めていた情報を手に入れた俺は、ローズとレイア先生の待つ正面玄関へ戻った。

「――あっ、アレン！　どうだった!?」

「あの血狐に、何かされなかったか!?」

「リゼさんは、とてもいい人でした！　ほら、この地図を見てください！　この赤いバツ印のところに奴等の研究所があるそうです！」

彼女からもらった地図を開くと、二人の顔に笑みが浮かんだ。

「これでリアを助けに行ける……！」

「まさか本当にあのリゼから、情報を引き出すとは……でかしたぞ、アレン！　大手柄だ！」

その後、先生は赤いバツ印の場所をジッと見つめ、

「よしよし、ここからだいたい十五分ぐらいの場所だな。だが、こんな林の中に研究所なんてあったか……？」

首を傾げながら、難しい表情を浮かべた。

「とにかく、行ってみましょう。現状、もうこれしか手掛かりはありません！」

「確かに、アレンの言う通りだな……。――よし、行くか！」

「「はいっ！」」

その後、俺たちは『神様通り』を突き抜け、ひたすら西へ西へと進んで行った。

道はどんどん険しくなり、鬱蒼とした林の中へ踏み込んでいく。

そうして十分ほど走り続けたところで、地図を片手に進んでいた先生の足がピタリと止まった。

「ふむ、ここだな」

「え……っ。こ、ここですか……？」

「それらしき建物は……ないな……」

俺とローズが周囲を見回したが、研究所なんてどこにもない。青々とした背の高い樹木が空を覆い隠し、大きな滝が音を立てて流れる。人工的な建造物はおろか、人が足を踏み

入れた痕跡すらない。どこまでも『自然』な風景が広がっているだけだった。

（まさか、ハズレ……？）

冷たい汗が背筋を伝い、嫌な想像が脳裏をよぎる。

「……さすがはリゼの情報網だな。大当たりだよ」

先生は嬉しさ半分悔しさ半分といった複雑な表情で、ポツリとそう呟いた。

そして彼女は、目の前を流れる大きな滝に向かって真っ直ぐ歩き出す。

「せ、先生……？」

「いったいどこへ行くんですか……？」

俺とローズがそう声を掛けると、

「無刀流――絶ッ！」

彼女は突然、滝に向かって強烈な正拳突きを放った。

すると次の瞬間――大きな滝は粉々に砕け、そこから古びた研究所が姿を現した。

「「なっ⁉」」

突然現れた研究所に、俺とローズは目を丸くした。

「強力な認識阻害の結界だ。おそらくは奇術師トール＝サモンズの仕業だろう。しかし、この私がここまで接近しないと気付けないとは……。全く、凄まじい技量だな……」

トールの結界を褒めた先生は――バキバキと指を鳴らし、好戦的な笑みを浮かべる。

「結界が張られていたことから見ても、奴等は間違いなくこの中にいる！　――行くぞ！」

「「はいっ！」」

そうして俺たちはレイア先生を先頭にして、研究所へ突入した。

■

黒の組織の一員――ザク＝ボンバールに敗れたリアは、研究所の最下層で目を覚ました。

「こ、ここは……？」

ぼんやりとした意識のまま、体を動かそうとしたそのとき、

「……っ」

両の手首に鈍い痛みが走った。

見れば、彼女の両手は天井に繋がれた鎖で拘束されている。両足にも重り付きの鎖が嵌められており、完全に身動きが取れない状況だ。

「ざはは、もう目が覚めたのか！　なかなか丈夫な体をしているな、リア＝ヴェステリア！」

「……おい、小娘。まだ生かしといてやるから、変な気を起こすんじゃねぇぞ？」

リアの覚醒に気付いたザクとトールは、部屋の奥から顔を覗かせた。

「……ザク＝ボンバールッ⁉」

あの苦々しい敗北をはっきりと思い出した彼女は、怒りと悔しさに顔を歪める。

両手両足が封じられ、物理的にどうすることもできないリアは、

「……年頃の女の子を鎖で拘束するなんて、ずいぶんいい趣味をしているのね？　もしかして変態さんなのかしら？」

せめてもの抵抗として、そんな嫌味を口にした。

「ざはは。この状況でまだそんな口が利けるとは、本当に気の強い娘だな！」

「……はっ！　そのデカい図体で変態とは救いようがねぇなぁ、ザク？」

ザクは楽し気に笑い、トールはリアの嫌味に乗っかった。

今のやり取りを通じて、この場ですぐに殺される危険はないと判断したリアは、

「あなたたちの目的はなに？　いったい、何のために私を誘拐したの？」

夏合宿で襲われたあのときから、ずっと気になっていた質問を投げ掛けた。

「ん？　それはもちろん、お前の――」

ザクが口を開きかけたそのとき、

「――おいこら、馬鹿ザク！　組織の機密情報をそんな簡単に喋るんじゃねぇ！　脳みそちゃんと入ってんのか、あぁ⁉」

額に青筋を浮かべたトールが彼の脛を蹴り付けた。

「ざ、ざはははは、すまんすまん！　そういえば、これは秘密だったな！」

「ったく。しっかりしやがれってんだ……」

二人がそんな話を交わしていると、

「ふ、ふしゅしゅ……。お話し中に申し訳ございません……。そ、そろそろサンプルが必要なのですが……っ」

大きな注射器を手にした研究職の男が、恐る恐るといった様子で声を掛けた。

分厚い丸眼鏡。青白く血の気の通っていない顔。身長は百五十センチ、年齢は四十代半ばぐらいだろうか。白髪交じりの黒髪は好き放題に伸び、清潔感の欠片もなかった。

「あぁ、さっさとやれ」

「ふ、ふしゅしゅ……っ。かしこまりました……」

トールの許可をもらった男は、深々と頭を下げ――リアのもとへ近寄った。

「ちょ、ちょっと……な、なにをするの……っ!?」

彼女が身をよじって抵抗の意思を示すと、

「ちっ……。少し血をいただくだけだ。暴れんじゃねぇよ、ドブスが……っ」

苛立った様子のトールが、吐き捨てるようにそう言った。

「ど、ぶす……!?」

年頃の少女であり、容姿にはそれなりの自信があったリアは、ブスと呼ばれたことに強い憤りを覚えた。しかし、幼い頃から英才教育を受けた聡明な彼女は、

（ひっひっふー……。ひっひっふー……っ。落ち着くのよ、リア＝ヴェステリア……！）

間違った呼吸法でしっかりと冷静さを取り戻す。

（この状況で暴れても体力を無駄に消耗するだけよ……っ。ムカつくけれど、今は大人しく言う通りにしておいた方が賢明ね……。どうしようもなく、ムカつくけれど……！）

彼女は素直に口をつぐみ、抵抗をやめた。

「ふ、ふしゅしゅしゅ……っ。それではちょっとだけ失礼します」

男がリアの上腕に針を刺し、チクリとした痛みが走る。

シリンダー三本分にもなる大量の血液を採取した彼は、

「ふ、ふしゅしゅしゅ……。こ、これだけあれば、十分でございます……！」

喜悦に歪んだ表情を浮かべ、それらを巨大な機械にセットした。

「――おい、『解析』にはどれくらいの時間がかかるんだ？」

「ふしゅしゅ……。大急ぎで実行しても丸一日はかかるかと……」

「そうか、なるべく早く終わらせろ。待つのは嫌いだ」

せっかちなトールは短くそう呟き、研究員の男とともに階段を上って上階へと姿を消した。

一人取り残され、手持無沙汰となったザクは大きく伸びをした。

「さて、とりあえずメシでも食うか。——っと、そうだ、リアよ。お前も腹が減っているのではないか？　どれ、適当なものを見繕って来てやろう」

「ふんっ、敵の施しは受けないわ。毒が入ってないとも限らないし」

「ざはは、本当に気丈な娘だな！　まぁ、なんだ……腹が減ったらいつでも言うがいい。いつでも持って来てやろう」

ザクは「大した食い物はないがな」と結び、豪快に笑いながら階段を上って行った。

それからリアは、ひたすらに『機』を待ち続けた。

体力を温存するために、抵抗することも暴れることもなく——ただジッと待ち続けた。

アレンならば、きっと自分のことを見つけてくれる。助け出してくれる。

ひたすらそう信じて、待ち続けた。

そして——彼女がここへ捕獲されてから十数時間が経過したあるとき、

「ふ、ふしゅしゅ……っ。お、起きてるか、リア＝ヴェステリア……？」

先ほどの研究職の男が、リアのもとを訪れた。

「……何かしら？　血ならもう十分に採ったはずでしょ？」

「ふ、ふしゅしゅ……。まぁ聞け……。お前はこの後『本国』へ送還され、あっけなく殺されてしまう……」

「……まぁ、そうでしょうね」

なんとなくそうなることを予想していたリアは、大きく心が乱されることもなく、軽く聞き流した。

「そ、その前に……。ちょっとだけ……愉しませてもらおうと思ってな……っ」

男の下卑た視線が、リアの全身を這いずり回った。

「あなた、最低な男ね……っ」

「ふ、ふしゅしゅ……っ。なんとでも言うがいいさ……！」

男はそう言いながら、一歩また一歩とリアににじり寄る。

「い、いや……来ないで……っ」

男がリアの肢体に手を伸ばしたそのとき、一筋の赤い閃光が暗い部屋を駆け抜けた。

「ふ、ふしゅ……っ⁉　あ、あ、熱っ、熱っ⁉」

男は灼熱の劫火に包まれ、地面を転がりながら苦悶の声をあげる。

「あ、ぐ、かぁあああああああ……⁉」

研究所内に凄まじい断末魔の叫びが響き渡り、彼はあっという間に灰となった。

「な、何が起こっているの……？」

突如目の前で発生した人体発火現象に、リアが目を白黒とさせていると、

「――ざはははっ！　危ないところだったな、リアよ！」

酒の入ったグラスを片手に持ったザクが、豪快に笑いながら姿を現した。

「あ、あなた……いったいどういうつもり？　仲間じゃないの⁉」

「んー……。拘束された小娘に手を出すような腐った男は、仲間と呼べんなぁ……」

ザクはそう言って、大きなグラスに入った酒をあおった。すると、

「――お、おい、デカブツ⁉　いったい、何があった⁉」

凄まじい叫び声を耳にしたトールが、大慌てでこの場に駆け付けた。

「なぁに、ちょっとした小火があってな。研究員が一人、灰になっただけだ」

「なっ⁉　こんの……馬鹿野郎！　貴重な研究職だぞ、わかっているのか⁉」

「ざははは！　すまん、許せ！　見るに堪えん男だったので、つい手が滑ってしまったのだ！」

ガシガシと頭を掻きながら、謝罪の弁を述べるザク。

それを見たトールは、大きくため息をついた。

「全く、馬鹿につける薬はないな……。一応『上』に報告しておくからな？」

「あぁ、好きにしてくれ」

二人の間にやや険悪な空気が流れる中、

「……礼は言わないわよ」

リアはポツリとそう呟いた。

「ざははは、当たり前だ！　誘拐犯に礼を言う奴がどこにいる！」

ほろ酔い状態のザクは腹を抱えて大笑いすると、再びグラスに口をつけた。

「んぐんぐ……っぷはぁ……！　あぁー……それにしてもリアよ。あのキラキラは――アレンの奴はまだ来んのか？」

その質問に対し、我慢ならないといった様子のトールが口を挟んだ。

「おいこら、ウスノロ……っ。この研究所は、あたしの結界で隠してあんだぞ？　いったい誰がどうやってこの場所を見つけるんだ？　えぇ？」

自身の結界を侮られた彼女は、早口でそう問い詰めた。

すると今度は、リアが横から口を挟む。

「――たとえどれほど優れた結界があっても、アレンならきっとすぐに見つけてくれるわ」

「んだと、このドブスが……！」

「ど、ドブスじゃないわよ⁉　さっきから言わせておけば、失礼な人ね……！　そういうあなたはドチビじゃない！」

「てんめぇ……⁉　人の身体的特徴を揶揄するなんて、まともな教育を受けてねぇな！」

「先にブスって言ったのは、そっちでしょ……⁉」

そうしてトールとリアが不毛な言い争いを続けていると、

「――ときに、リアよ。二人はどういった関係なのだ？　アレンは相当お前にご執心のようだったぞ？」

かなり酔いの回ったザクが、少し踏み入った質問を投げ掛けた。

「い、今はまだ、その……っ。べ、別にどうだっていいでしょ⁉」

不意の質問に大きく揺さぶられたリアは、顔を赤くして声を荒げる。

「ざははは！　若い、若いなぁ！　まぁ人生の先輩としてアドバイスをしてやるならば――アレは光る！　間違いなく、大きな光を放つぞ！　精々逃げられぬよう、しっかり捕まえておくがいい！」

「う、うるさいわね！　そんなこと、あなたには関係ないでしょ！」

二人がそんな話をしていると、

「……おい、ウスノロ。あまり希望を持たせるような話をしてやるな。どうせこいつは本国送りだ。もうあの『未知の獣』に会うことは二度とない」

トールはそう言って、憐憫の視線をリアへ向けた。

「ざはは！　普通に考えれば、間違いなくそうなるだろうな！　しかし、相手は『希代のキラキラ』だ！　あの温かくも眩しい光のもとには、それに魅せられた多くの人々が集まる！　万が一ということも……あるやもしれんぞ？」

「ふん、何を馬鹿なこと、を……っ!?」

トールが鼻で笑った次の瞬間――巨大なステンドグラスを割ったような、耳をつんざく破壊音が研究所に鳴り響いた。

「あ、あり得ない……!?　あたしの結界が破られただと!?」

「ざはははは、やはり来たか！　アレン＝ロードル――キラキラの原石よ！」

「アレン……！」

三者三様の反応を示す中、トールは素早く動き出した。

「くそ……っ。何を喜んでやがる、このウスノロが！　さっさと配置に付け！」

「ざはは、楽しみよなぁ！」

苛立った様子のトールと好戦的な笑みを浮かべたザクは、招かれざる客を迎え撃つために上階へ駆け出した。

■

研究所に侵入した俺たちは、迷路のように曲がりくねった廊下を進む。

（これは多分、侵入者対策の一環なんだろう……）

廊下には薄明かりがぼんやりと灯るだけで、極端に視界が悪い。

罠や待ち伏せに警戒する必要もあるため、走る速度を落とさざるを得なかった。

その後、しばらく道なりに進んで行くと――狭い部屋に出た。

「ゔぅ……じ、侵入者だ……っ」

「や、やるぞ……。こいつらを倒せば、俺たぢゃ……じ、自由だんだ……！」

「わ、悪いが……。ごごで殺ざれてぐれ……！」

そこには血走った目でこちらを睨み付ける、幽鬼のような七人の剣士がいた。

彼らの右手には形態の安定しない奇妙な魂装が握られており、まだ戦ってすらいないというのに激しい息切れを起こしている。

確か、夏合宿のときにも似たような奴等と剣を交えたはずだ。

（やっぱりこの一件、かなり根が深いようだな……）

すぐに剣を抜き放ち、正眼の構えを取った俺は――ちょっとした変化に気が付いた。

（……前に戦ったときより、奴等の魂装が安定していないか？）

霊晶丸によって無理やり発現させた魂装は、もっと不安定で歪な形をしていたはずだ。

「ふむ、霊晶丸を服用した強化兵士か。しかし、ここまで『安定した魂装』を発現させるとはな……。こんなもの、報告には上がっていないぞ」

レイア先生が忌々しげに呟いた。すると、

「ぅう……がぁあああああ……っ！」

一人の剣士がうめき声をあげながら壁を殴り付けた。

その瞬間——凄まじい轟音が鳴り響き、研究所の壁に巨大な穴が空いた。

「「「なっ⁉」」」

夏合宿の奴等も恐ろしい身体能力を誇っていたが、目の前の敵はそれを大きく超えている。

「行ぐ、ぞ……っ！」

「うぉおおおおおおお！」

「がぁああああああ！」

奴等は痛々しい雄叫びをあげながら、一斉にこちらへ飛び掛かってきた。

「くっ……アレン、ローズ！　一度下がれ！　ここは私が——」

先生が全てを言い切る前に、

「邪魔を……するなぁ！」

俺は全体重を乗せた横薙ぎの一閃を放つ。

音を置き去りにしたその斬撃は、

「が、は……っ!?」

「馬鹿、な……っ」

彼らの魂装を容易く破壊し、たったの一振りで七人の剣士全員を斬り伏せた。

（なんでだろう……体が動く……）

以前のように、不思議な力で満たされているわけではない。

それなのに、まるで生まれ変わったかのように体が軽かった。

（アレン、いったいいつの間にこれほどの強さを……!?）

（この圧倒的な身体能力……。以前の『再生』で、アイツの力が馴染んだのか。しかし、予想よりも遥かに早いぞ……っ）

こうして敵の第一波を撃退した俺は、

「――先へ急ぎましょう。リアが待っています」

研究所の奥へと足を進めたのだった。

■

霊晶丸によって強化された剣士を倒した俺たちは、研究所の奥へ進んだ。

暗く狭い廊下をしばらく走り続けると——薄明かりの灯った広い部屋に出た。

（……何か、いるな）

暗闇の奥で何者かの息遣いを感じる。

「——トール＝サモンズ、だな？」

先生がそう問い掛ければ——部屋の最奥から、黒い外套に身を包んだ背の低い女性が姿を現した。

外側にはねた薄紅の髪。常に不機嫌そうな鋭い目付き。

リアを攫った黒の組織の構成員、トール＝サモンズだ。

「あぁ、そういうお前は黒拳……が、は!?」

まばたきをした次の瞬間には——レイア先生の拳は、トールの腹部へ突き刺さっていた。

（は、速い……!?）

初動から拳を放つまでの一連の動きが、まるで見えなかった。

「——時間がないのでな。詳しい話は後で聞かせてもらうとしよ……なっ!?」

凄まじい一撃を披露した先生は、何故か突然後ろへ跳び下がった。

「……ちっ、そういうことか」

忌々しげにそう呟いた彼女の右手からは、鮮血が流れていた。

「ぎゃははは！　情報通りの単細胞さだな、黒拳！」

トールの背後から、もう一人のトールが姿を現した。

「「と、トールが二人……!?」」

俺とローズが同時にそう呟くと――目の前の『トールだったもの』は、地面に突き立てられた一振りの短剣へと変化した。

「化かせ――〈模倣芸術〉ッ！」

彼女がそう謳い上げた次の瞬間、短剣から白い粘土のようなものが溢れ出し、それはレイア先生の姿を模って動き始めた。

「やはりそうか……。私が殴ったのは、『トール自身をコピーした魂装』。今の一幕から察するに……コピーする条件は『対象を斬り付けること』か」

先生は鋭い目付きで、相手の魂装を冷静に分析した。

「くくっ、筋肉馬鹿と聞いていたが……。意外と頭が回るじゃねぇか！」

トールはそう言いながら、懐から取り出した二本の短剣を両手に構える。

コピーを動かしながら、自らも戦いに参じるようだ。

「……アレン、ローズ。君たちは先に行け」

先生は俺たちにだけ聞こえるよう、小さな声でそう呟いた。

「私のコピーがどれほどの性能を持つか不明だが……。アレが君たちを狙い出すと少し面倒なことになる」

もしもあのコピーが、先生と全く同じ強さだとすれば……。

俺とローズは、手も足も出ずにやられてしまうだろう。

「それに……もうあまり時間がない。『解析』の結果次第では、リアはそのまま『処分』されてしまう。そうなる前に一刻も早く、彼女を救出してくれ。私もこいつを倒した後、すぐに後を追う」

「「わかりました」」

コピーの手の内は、他でもないレイア先生が一番よく知っている。

そういう意味でも、この場は彼女に任せるのが最適だ。

「行こう、ローズ！」

「あぁ！」

互いの考えが一致した俺とローズは、すぐに研究所の奥へ走り出した。

そんな俺たちを——トールは黙って見過ごした。

どうやら彼女の役割は、ここでレイア先生を足止めすることらしい。

そのまま廊下を走って行けば、先ほどよりもさらに一回り大きな部屋に出た。

しかし、そこには、

「ぎ、来た、か……っ！」

「侵入者は……排除、ず、る……っ！」

数えるのが馬鹿らしくなるほど大量の剣士がいた。

「これ、は……っ」

「あぁ、長期戦になるな……っ」

百、いや……二百はいるだろうか……。

目を血走らせ、肩で大きく息をする彼らの右手には歪な形の魂装が握られている。

ここにいる全員、霊晶丸を服用した強化剣士のようだ。

俺とローズが剣を抜き放ち、それぞれの構えを取ったその瞬間、

「うぉおおおおおお！」

「がぁあああああああ……！」

彼らは凄まじい速度で、こちらへ突撃してきた。

「「……っ」」

二百人の怒号と咆哮を前に、俺たちは一瞬気圧されてしまう。

「――死ねぇええええええええ！」

眼前に迫る豪快な切り下ろし。

それをなんとか剣で防げば、

「ぐっ……!?」

凄まじい衝撃が両腕を走った。

（くそ、なんて馬鹿力だ……っ!?）

霊晶丸の効果か、それとも強化系の魂装の力か。

どちらかはわからないが、目の前の剣士は常人離れした力を誇っていた。

だけど、薬物に頼った偽りの力に負けるわけにはいかない！

「うぉおおおお――ハァッ！」

真っ正面からの力勝負を制した俺は、その勢いのまま袈裟切りを見舞う。

「なっ……!?　が、はぁ……っ」

まさか力負けするとは思っていなかったのだろう。

強化剣士たちの間に大きな動揺が走る。

「――行くぞ、ローズ！」

「あぁ！」

それから俺たちは、並み居る強化剣士たちを一人また一人と斬り伏せていき――五十人余りを戦闘不能にした。戦況は大きくこちらに傾いている。それは間違いない。

だが、

(このままじゃ、まずい……っ)

この先には強敵ザク＝ボンバールが控えている。

これ以上、いたずらに体力を消耗するわけにはいかない。

それに加え、時間も押し迫ってきている。

こんなところで足止めを食らっている場合じゃない。

(くそっ、どうすれば……っ)

焦燥感がフツフツと湧きあがり、ゆっくりと心を焦がし始めたそのとき、

「染まれ――〈緋寒桜〉ッ！」

美しい桜の大樹が突如として姿を現した。

それと同時に、ローズの動きが見違えるように素早くなる。

「桜華一刀流奥義――鏡桜斬ッ！」

鏡合わせのように左右から四撃ずつ。目にも留まらぬ八つの斬撃が、四人の剣士を斬り伏せた。

「ろ、ローズ!?」

「ここで二人が消耗するのが一番マズい。――アレンは先に行け！」

「だ、だけど……っ」

　ローズの魂装には『持続時間』がある。

　こういった大群を相手にする持久戦は、彼女の得意とする形じゃない。

（……どうする!?　適材適所でいくならば、耐久力のある俺が残るべきだが……っ）

　俺が行くべきか、それともローズを行かせるべきか。

　いったいどちらが正解なのか頭を悩ませていると、

「――大丈夫。桜華一刀流は、こんな偽物の力には負けない！」

　ローズは俺の目をジッと見つめ、はっきりとそう言った。

　そこには強い覚悟と断固たる決意があった。

　その思いに応じるように、桜の大樹はバキバキと音を立てて成長していった。

　彼女の気持ちを受け取った俺は、

「――わかった、ありがとう」

　短くそう告げて、部屋の奥を目指し駆け出した。すると、

「行がせるがぁあああ……っ！」

「ここで止める……っ！」

強化剣士たちが、一斉にこちらへ飛び掛かってくる。

「くっ⁉」

俺が迎撃の姿勢を取った次の瞬間、

「舞え――桜吹雪ッ！」

まるで濁流のような桜のはなびらが、あっという間に彼らを呑み込んだ。

「ぐ、ぐぁあああああああっ⁉」

一枚一枚が刃のように研ぎ澄まされたはなびらは、十人以上の強化兵たちを一撃で戦闘不能にする。

「行って！」

「あぁ、助かる！」

ローズの援護のもと、俺は研究所の奥へ進んだ。

迷路のように曲がりくねった道をひた走れば――体育館のように大きな部屋へ出た。

ここはちゃんと照明が機能しており、その最奥で待ち受ける者が一目でわかった。

「ざははは！　やはり来たな、キラキラの原石よ！」

「ザク＝ボンバール……！」

奴は焼け焦げた十字架のような大剣を首に載せており、好戦的な笑みを浮かべていた。

「……リアはどこだ？」

この広い部屋のどこにも彼女の姿はない。

「ちょうどこの真下のあたりだ」

ザクはそう言って、大剣を床に突き立てた。

「……無事なんだろうな？」

「安心するがいい。今もピンピンとしておるわ。……まぁ、腹は減っているだろうがな」

それを聞いた俺は、ひとまずホッと胸を撫で下ろした。

（ようやく、ここまで来れた……っ）

リゼさん、レイア先生、ローズ——みんなの力を借りて、やっとリアを取り戻すチャンスを掴んだ。

（後は目の前の敵を斬り伏せるだけだ……！）

俺はゆっくりと剣を抜き放ち、正眼の構えを取った。

「——行くぞ」

「ざはは！　遠慮などいらん、いつでも来い！」

その直後、俺は一瞬でザクとの距離をゼロにした。

「速い!?　――〈劫火の盾（ブレイズ・シールド）〉ッ！」

奴は咄嗟（とっさ）の判断で、前方に巨大（きょだい）な炎（ほのお）の盾（たて）を展開した。

目が痛くなるような灼熱（しゃくねつ）の劫火（ごうか）が大きなうねりを上げる。

しかし、以前に感じたほどの圧迫感（あっぱくかん）はもうない。

「八の太刀――八咫烏ッ！」

前回は手も足も出なかった炎の盾。俺はそれを容易（たやす）く八（や）つ裂（ざ）きにした。

「なんだと!?」

予想外の展開に驚（おどろ）いたザクは、大きく後ろへ跳（と）び下がって距離を取る。

「ざはは、やるではないか！　見違えたぞ、アレン＝ロードルッ！」

「まだまだこれからだ……！　行くぞ、ザク＝ボンバールッ！」

こうして俺とザクの死闘が幕を開けたのだった。

■

俺とザクの視線が交錯（こうさく）し、

「はぁあああ！」

「ぬぅおおお！」

まるで示し合わせたように同時に駆け出した。

「ハァッ！」

「ぬぅん！」

互いの剣がぶつかり合い、凄まじい轟音が鳴り響く。

「見た目通りの……馬鹿力だな……っ！」

「ざ、ざはは……！　そちらこそ……小さな体に合わぬ、とてつもない力だ……！」

互いの筋力は、五分と五分。

ここから先は、剣術が勝敗を分ける。

（力比べは時間の無駄だ……。一度距離を置いて、立て直そう）

俺がそんなことを考えていると、

「――〈劫火の盾〉ッ！」

奴は突然、ゼロ距離で炎の盾を展開した。

「なっ、この距離で……!?」

視界が赤一色で埋まり、凄まじい熱気が目を刺激する。

「くっ、八の太刀――八咫烏ッ！」

八つの斬撃をもって盾を切り刻むと――ザクは遥か後方にいた。

どうやら巨大な盾で姿を隠し、その間に大きく跳び下がっていたようだ。

　奴は深く腰を落とし、遥か遠方から『突き』を放った。

「――〈劫火の死槍〉ッ！」

　大剣の切っ先から灼熱の槍が放たれる。

「一の太刀――飛影ッ！」

　ザクの遠距離攻撃に対抗して、飛ぶ斬撃を放った。しかし、

「ぬるい、ぬるいぞ！」

　荒れ狂う劫火の槍は、いとも容易く飛影を貫き――微塵も威力を落とすことなく、こちらへ殺到した。

「なっ⁉」

　俺はすぐさま右へ大きく跳び、槍状になった炎を回避する。

（くそ、飛影では押し負けるか……っ）

〈劫火の死槍〉に対抗するには、冥轟クラスの威力が必要なようだ。

　ザクの攻撃とその対策に思考を巡らせていると、

「――回避直後は、もちっと気を張らねばならんぞ？」

　気付けば、目と鼻の先に大剣を振りかぶった奴の姿があった。

「しまっ……⁉」

しかし、体勢不利の状態で放った誤魔化しの斬撃で凌げるほど、ザクの攻撃は甘いものじゃなかった。

「風焔流――焔烈斬ッ！」

炎をまとった四つの斬撃が凄まじい速度で迫る。

「う、雲影流――うろこ雲ッ！」

着地の隙を狙われた俺は、咄嗟に出の早い四つの斬撃で迎え撃った。

(なんて威力だ……!?)

四つの斬撃はあっという間に食い破られ、ザクの凶悪な炎が牙を剥いた。

俺は必死で身をよじり、何とか回避しようと試みるが……。

「ぐ……っ」

二発の斬撃が右肩と左足を焦がし、強烈な痛みが駆け抜けた。

俺はたまらず後ろへ跳び下がり、立て直しを図る。

(はぁはぁ……幸いにして傷はそこまで深くない)

戦闘継続には、なんら影響はないだろう。

(問題はどう『崩す』か、だな……)

ザクの構えは俺と同じ、正眼の構え。

へその前で握られた大剣は微動だにせず、緊張と脱力が程よく混ざり合った――恐ろしいほど『自然』な構えだ。

（……この構えは、一朝一夕で身に付くものじゃない）

奴はこれまで戦った誰よりも、剣術の基礎がしっかりとしていた。

きっと天賦の才能を持ちながら、膨大な時間を修業に費やしてきたのだろう。

（……しかし、妙だな）

そんな研ぎ澄まされたザクの剣術だが、一つだけ気になるところがあった。

「その剣術、聖騎士にでも習ったのか？」

基本姿勢に防御術、果てには歩法に至るまで――ザクの動きは、聖騎士の剣術指南書と全く同じだった。

「……一応これでも、昔は聖騎士だったのでな」

奴は少し苦々しい表情で、とんでもないことを呟いた。

「な……っ!?　せ、聖騎士がどうして黒の組織に!?」

世界の平和を守る国際組織、聖騎士協会。

世界の秩序を乱す大規模犯罪組織、黒の組織。

両者は対極の存在だ。

「……聖騎士協会に身を置いては、為(な)せぬこともあるのだ」

ザクは険しい顔つきでそう呟くと、

「だが今は、そんなつまらぬことなど、どうだってよい！　さぁ、アレンよ！　お前の輝(かがや)きを——キラキラをもっと見せてくれ！」

重たい空気を消し飛ばすように、突然大きな声を張り上げた。

「謳(うた)え——狐火(きつねび)ッ！」

ザクは大声でそう叫(さけ)び、大きく大剣を振るった。

灼熱の炎が舞(ま)い上がり、それは徐々(じょじょ)に生物の形を成していく。

「「——コォーンッ！」」

劫火によって産声(うぶごえ)をあげたのは、メラメラと燃え盛(さか)る真紅(しんく)の狐だった。

その数は軽く十を超(こ)え——鋭(するど)い牙を剝き出しにして、こちらを威嚇(いかく)している。

「ざはははははっ！　さぁ——クライマックスといこうではないか！」

「……来いっ！」

その後、俺たちの剣戟(けんげき)は熾烈(しれつ)を極(きわ)めた。

「ギャルルルルッ！」

「くっ……ハァッ！」

無限に作られる狐火を斬れば、

「――そこだ！」

「ぐっ⁉」

その背後から、ザクの大剣が襲い掛かる。

狐火と大剣による波状攻撃を前に、俺は防戦一方を強いられていた。

（くそ、手数が違い過ぎる……っ）

こちらが一人に対して、相手はザクと十数匹もの狐火。『数の差』は圧倒的だ。

攻め込もうにも大量の狐火が邪魔をし、手痛い反撃を食らう。

かと言って守りに入れば、今のような怒濤の攻撃が続く。

（いったい、どうすればいいんだ……）

そうして俺が打開策を必死に考えていると、

「狐火――紅蓮ッ！」

「「コーンッ！」」

四方八方にバラけた八匹の狐が、息を合わせて同時に襲い掛かってきた。

「くっ、桜華一刀流奥義――鏡桜斬ッ！」

八つの斬撃をもって、全ての狐を撃退したそのとき、

「風焔流——大焔斬ッ！」

背後から強烈な切り下ろしが迫った。

「ぐっ⁉」

無理な体勢ながらも何とか防いだ俺は、わざと大きく後ろへ跳んで衝撃を殺す。

「ざはは、驚異的な反応速度だ！　体捌きも申し分ない！　完璧に崩したと思ったが……いやはや、まさか防がれるとはな！」

ザクは余裕綽々と言った様子で笑い、再び十四の狐火を生み出した。

（このままじゃ、完全にジリ貧だ……っ。ここはもう、仕掛けるしかない……！）

位置取りは申し分ない。後は、奴が仕掛けてくるのを待つだけだ。

正眼の構えを堅持したまま、ジッとその機を待っていると、

「どうした、守っているばかりでは勝てんぞ？　狐火——烈火ッ！」

「「コォーンッ！」」

ザクは生み出した狐火を一斉にこちらへ放った。

（——来たッ！）

その直後、

「二の太刀——朧月ッ！」

今まで仕込(しこ)んできた二十の斬撃が、迫り来る狐火を全て切り裂(さ)いた。

「ほう、面白(おもしろ)い技(わざ)を使うな！」

狐火がゼロになったこの機を逃(のが)す手はない。

「一の太刀――飛影ッ！」

俺は全力でいつもより一回り以上も大きい斬撃を放った。

「ざはは、それは効かんと言っておるだろう！　――〈劫火の死槍(ブレイズ・ランス)〉ッ！」

凄まじい爆炎(ばくえん)が飛影を食い破ったその瞬間(しゅんかん)、

「――目くらましだ」

飛影を背にして接近した俺は、ザクの背後を取った。ようやく作り出した絶好の機会。

「五の太刀――断界ッ！」

俺はがら空きの背中目掛けて、最強の一撃を繰(く)り出した。

「狙いは悪くないが、俺の背後は死角ではないぞ？　――〈劫火の円環(ブレイズ・サークル)〉ッ！」

次の瞬間、奴を中心に巨大(きょだい)な爆炎が吹(ふ)き荒れた。

凄まじい衝撃波が体を撃ち、強烈な熱波が肌(はだ)を突(つ)き刺(さ)す。

「ぐ……っ!?」

あまりの衝撃に吹き飛ばされた俺は、なんとか受け身を取りつつ、強く歯を食いしばった。

「くそ、その技があったか……っ」

不意を突いたとはいえ、会長や聖騎士たちを一撃で倒した強力な衝撃波。

(だけど、まさかそれを防御に使ってくるとは……っ)

そうして俺が歯を強く嚙み締めていると、

「しかし、不思議な体をしているな……。普通今の一撃を食らえば、重度の火傷を負うはずなんだが……」

ザクは訝しげにこちらを見つめながら、何事かを呟いた。

その間、俺は互いの状態を分析した。

少しずつではあるが、俺の体にダメージは蓄積している。斬撃を受けた右肩と左足。それに狐火を防御する際に生じた小さな火傷が各所にある。

一方のザクは、ほとんど無傷だ。剣戟の最中に薄皮が斬れた程度のもので、明確なダメージはゼロと言っていいだろう。

(……参った。このままじゃ、ちょっと勝てないな……)

ここまで苦しい戦いになった原因はたった一つ、魂装の有無だ。

やはり最後の最後に立ちはだかったのは『才能』という大きな壁だった。

（もう、やるしかない……っ）

悔しいが、ザクは格上の剣士だ。

アイツの力を引き出さなければ、今の俺じゃ絶対に勝てない。

──思い出せ。

（……ザクは言っていた）

物理的に捻じ伏せる必要はない。

力の一部を引き出すだけならば、心で捻じ伏せればいい、と。

（……アイツは言っていた）

『心の強さ』が、何よりも『覚悟』が足りていない、と。

それから俺はゆっくりと自分の意識を内へ内へ──魂の奥底へと沈めていった。

俺は──勝つ。

目の前の敵を──斬る。

リアを守るために。

リアとの日常を守るために。

だから──。

今日、このときだけでいい。

いや——今、この瞬間だけでいい。

だから——。

(力を……寄こせ……っ！)

魂に刻み付けるように、鋭い刃を胸に突き立てるように——強くそう念じたそのとき。

心の奥底で、アイツの声が聞こえた。

【クソガキが……。やりゃぁできんじゃねぇか……】

その瞬間、

「これ、は……っ⁉」

黒よりも黒い、まるで『闇』を凝縮したような黒剣が——空間を引き裂いて姿を見せた。

■

突如目の前に出現した黒剣。

恐る恐るそれを右手で摑んだその瞬間、

「……っ⁉」

本能的に理解した。

これが、今俺のいる段階を大きく超えた力であることを。

(重い……っ)

物理的な重さではない。圧倒的な『力の密度』、それが感覚的な重さに繋(つな)がっているのだ。

この闇のような黒剣は、暴力的で圧倒的な力の塊(かたまり)だった。

「ざ、ざはははは……！　素晴(すば)らしい、なんという輝きだ！　やはり俺の目に狂(くる)いはなかった！　これほどの『キラキラ』は、未(いま)だかつて見たことがない！」

黒剣に目を輝(かがや)かせたザクは、突如大声をあげて笑い出した。

「さぁ、その力のほどを見せてくれ！　――〈劫火の死槍(ブレイズ・ランス)〉ッ！」

俺の力を試(ため)すかのようにして、奴は灼熱(しゃくねつ)の槍(やり)を放ってみせた。

それを切り払(はら)うため、軽く剣(けん)を振(ふ)るった次の瞬間――凄(すさ)まじい衝撃波が発生し、炎の槍を容易(たやす)く切り裂いた。

「なっ⁉」

さらにその斬撃は全く威力(いりょく)を落とすことなく、ザクへ向けて一直線に進む。

「ぶ、〈劫火の盾(ブレイズ・シールド)〉ッ！」

予想外の事態に目を見開いた奴は、すぐさま巨大な炎の盾(たて)を展開した。

しかし、それはコンマ一秒と耐(た)えることなく、見るも無残に砕(くだ)け散る。

「が、は……っ⁉」

ただの衝撃波を受けたザクの体には、深く巨大な太刀傷が刻まれた。

（な、なんて力だ……!?）

その圧倒的な力に驚いていると、

（なん、だ……これ……？）

突然、激しい倦怠感が全身を襲った。

黒剣を握っているだけで、みるみるうちに生気が吸い取られていく。

（なるほど、これが『持続時間』というやつか……っ）

この馬鹿げた消耗具合、長期戦はまず無理だ。

（今すぐにでも、決着を付けないと……っ）

すると、

「ざ……ざは、は……っ。まさかここまでとはな……！」

大きなダメージを受けたザクは、よろめきながらも口元に凶悪な笑みを浮かべた。

「だが、まだだ……っ。アレンよ、お前の力はそんなものではないはずだ！　もっと輝きを――キラキラを見せてくれ！」

奴が大剣を床に突き立てると、百匹を超える真紅の狐が生み出された。

「狐火――焰ッ！」

続けてそう命令を下した次の瞬間、

「「「コォーンッ！」」」

狐火は一斉にザクの頭上へ集まり、太陽の如き巨大な炎塊となった。

「ざはははは、そろそろ決着を付けようではないか！　キラキラの原石、アレン＝ロードルよ！」

「――あぁ、そうだな」

ザクと戦い始めてから、随分と時間も経つ。

早くこの戦いを終わらせないと、リアの身が心配だ。

それにもう、黒剣の消耗に俺の体が耐えられそうもない。

「さぁ、この一撃に打ち勝ってみせよ！」

奴は天高く掲げた大剣を力いっぱい振り下ろす。

「――〈劫火の日輪〉ッ！」

太陽の如き巨大な炎塊が凄まじい勢いで放たれた。

この部屋全体を消し炭にせんとする灼熱の劫火へ向けて、俺は渾身の一撃を振り抜く。

「六の太刀――冥轟ッ！」

その瞬間、黒剣から溢れ出した闇が冥轟を包み込み――黒い斬撃が空を駆けた。

「はぁあああああああ……！」

「ぬぉおおおおおお……！」

闇と太陽が激しくぶつかり合い――漆黒の闇が全てを呑み込んだ。

「ぬ、ぬぉっ!?」

依然として絶大な威力を誇る黒い冥轟は、

「ざ、ざはははは！　見事だ――キラキラの原石よ！」

ザクを食らい尽くし、この巨大な研究所を半壊させた。

「はぁはぁ……っ。終わっ、た……」

役目を終えた黒剣は、音もなく静かに消え去った。

全てを出し尽くした俺が大きく息をつくと、

「……痛っ!?」

両の手のひらに鈍い痛みが走った。

見れば、手のひらの皮がめくれ、薄っすらと血が滲んでいた。

どうやら、黒の冥轟を放った衝撃に耐えられなかったようだ。

やはりあの黒剣は、今の俺には大き過ぎる力らしい。

こうしてなんとかザクを倒した俺は、

「待っていてくれ……。今行くぞ、リア……っ！」

重たい体を引きずって研究所の地下へと足を進めた。

■

思惑通りにレイアのコピーを作ることに成功したトールは、

「この……化物、が……っ」

ボロ雑巾のような状態で崩れ落ちるように倒れ伏した。

その隣には、活動を停止したレイアのコピーも横たわっている。

「ふむ、存外に手こずったな……」

無傷のレイアはパンパンと手を打ち、息をついた。

「〈模倣芸術〉。汎用性の高い恐るべき能力だが、『コピー』の性能が少し物足りないな……。だいたいオリジナルの六割から七割程度のスペックと言ったところか」

そうして何事もなく戦闘を終えたレイアは、

「――さて、先を急ごう」

アレンとローズの後を追って、研究所の奥へ駆け出す。

しばらく進めば、ポッカリと開けた大きな部屋に出た。

そこには倒れ伏した多数の剣士と枯れかけた桜の大樹。

そして――今まさに決着の時を迎えるローズと強化剣士三人の姿があった。

「うがぁあああああああ！」

「桜華一刀流奥義――鏡桜斬ッ！」

刹那。両者は交錯し、最後のはなびらが散った。

「が、は……っ!?」

「ぐぞ……霊晶丸を使っても……っ」

「勝てない、のか……!?」

三人の強化剣士が崩れ落ちる一方で、ローズはしっかりと二本の足で立つ。

「はぁはぁ……っ。勝っ、た……！」

桜の大樹は粒子となって消え、それと連動して緋色の剣も消滅した。

〈緋寒桜〉の持続時間ギリギリで、全ての敵を倒したローズ。

そんな彼女に、かつてないほど強烈な眩暈と激しい倦怠感が襲い掛かる。

「これ、は……っ」

視界が大きく揺れ、平衡感覚が著しく乱れた。

そうしてゆっくりと真横へ倒れ込んでいくローズの体を、レイアが優しく抱き留める。

「――っと、大丈夫か？」

「せ、先生……っ。……はい、問題ありません」

「そうか、それはよかった。しかし、まさかこの数を一人で捌くとは……。本当に強くなったな」

レイアがしみじみそう呟くと、

「そんなことよりも、早くアレンのところへ！　ザクはとてつもなく強い、絶対に一人じゃ勝てない……！」

ザクの強さをその身で思い知ったローズは、必死にそう訴えた。

「あぁ、先を急ぐとしよう」

その後、レイアはローズに肩を貸し、高速で移動を開始した。

曲がりくねった廊下を駆け足で進むと、しっかりと明かりの灯った大きな部屋に出た。

そこで二人は、信じられない光景を目にすることになる。

「「なっ⁉」」

太陽を想起させるような巨大な炎塊が――漆黒の闇に食い潰されたのだ。

アレンの放ったその一撃は、まさに規格外。太陽を呑み込むだけに留まらず、けたたましい轟音とともに研究所を半壊させた。

「「……っ」」

人の域を超えた『圧倒的な破壊』。それを目の当たりにした二人は、思わず息を呑んだ。

コンマ数秒後。現状をいち早く理解したレイアの視線は、アレンの黒剣に釘付けとなった。

（ま、間違いない……っ。あの黒剣は、アイツの得物だ……）

彼女の背に冷たい汗が伝う。

（もしも奴に体を支配されているとしたら、取り返しのつかないことになるぞ……っ）

霊核であるが故の大きな隙、『初期硬直』のタイミングは既に過ぎ去った。

（アレンは恐ろしい速度で成長し、以前よりも遥かに強くなった……。その体を支配した奴を相手に……果たして私一人で食い止められるか……っ!?）

脳裏をよぎるのは、千刃学院の黄金世代を支えた二人の戦友。

（くそ……っ。こんなとき、二人の力が借りられれば……っ）

レイアにしては珍しく、そんな弱気なことを考えていた。

それほどまでに、彼女はアレンの内に眠る霊核を恐れているのだ。

「お前は……『アレン』なのか？」

意を決したレイアが恐る恐るそう問い掛けると、

「――せ、先生、ローズも！　よかった、無事だったんですね！」

屈託のない優しい笑みを浮かべたアレンが振り返った。

「ふぅー……。あぁ、そっちも無事のようだな」

レイアはホッと胸を撫で下ろし、彼のもとへ駆け寄った。

「――ところでさっきの黒剣なんだが、まさか魂装を発現したのか？」

「いいえ。おそらく、魂装の『一部』だと思います。ちゃんとした魂装を発現するまでは、まだまだ時間がかかりそうですね」

アレンはそう言いながら、ポリポリと頰を掻く。

レイアは複雑な笑みを浮かべて、短くそう返事をした。

「……そうか、応援しているよ」

（……アレン＝ロードル、本当に末恐ろしい才能だな。まさかこの短期間で、アイツから力を奪い取るほどに成長するとは……。その精神力は、もはや化物クラス。やはり『一億年ボタン』を乗り越えただけはあるな……）

一方のアレンはほんの小さな、砂粒のような手ごたえを摑んでいた。

（魂装を発現するには、きっともっとたくさんの修業が必要だ……。でも、『感覚』は摑んだぞ……！）

魂装の習得は、決して不可能ではない。

それを知れただけでも、彼にとっては十分すぎる収穫だった。

「――先生、そんなことよりも先を急ぎましょう。ザクの話では、ちょうどこの真下にリアが囚われているそうです」

「そうだな、急ぐとしよう」

こうして強敵ザク＝ボンバールを単騎で撃破したアレンは、レイア・ローズとともに研究所の最下層へ向かったのだった。

■

黒い冥轟によって半壊した研究所の奥へ進むと、地下へ続く螺旋階段を見つけた。

警戒を強めながら、ゆっくり下りていくとそこには――おびただしい数の不気味な機械が所狭しと並んでいた。

「な、なんだ、これは……？」

目の前の巨大なビーカーは透明なオレンジ色の液体で満たされ、その中には青白い石が浮かんでいる。

「……あまり居心地のいい場所ではないな」

ローズの視線の先には、心電計のようにピッピッと高い音を鳴らす、貯水タンクのような謎の機械があった。

「ふむ……。どうやらここでは、霊晶丸の研究をしているようだな」

レイア先生は青白い鉱石を手に取りながら、ポツリとそう呟く。

そうして空気の淀んだ薄暗い研究室を真っ直ぐ進むと、五人の研究者たちと遭遇した。

「お、お前は……黒拳⁉」

「と、トール様とザク様は……やられたのか……⁉」

「あぁ……もう終わりだ……っ」

レイア先生を目にした彼らは頭を抱え、その場でうずくまった。

「ふむ、自己紹介は必要なさそうだな。では、単刀直入に聞こう。リア＝ヴェステリアはどこへやった？　抵抗しても構わんが、痛い目を見るだけだぞ？」

そうして先生が指をバキボキと鳴らすと、

「「「ひ、ひぃいいいい……⁉」」」

研究者たちは一斉に悲鳴をあげた。そして、

「こ、こここちらです……っ」

一人の研究者が代表して、部屋の奥へ案内し始めた。

研究室の奥には鉄格子の降りた牢屋があり、その中に両手両足を拘束されたリアの姿があった。

「り、リア！」

「――あ、アレン！　ローズに、レイアまで！」

見たところ、彼女の体に大きな怪我はない。

俺がひとまずホッと胸を撫で下ろしていると、

「鍵はどこだ？」

「こ、こちらにございます……！」

研究者から鍵を受け取った先生が牢屋の鍵を開け、続けてリアの両手両足の鎖を取り外した。

「アレンッ！」

「おっと⁉」

拘束から解放されたリアは、俺の胸へ飛び込んできた。

「怖かった……。本当に怖かったよ……っ」

小さく震える彼女を、優しく包み込むように抱き締める。

「遅くなってごめん……。中々、この研究所が見つからなくてさ……」

「ううん、大丈夫……。ありがとう、アレン……っ。あなたなら、絶対に見つけてくれるって信じていたわ……！」

彼女は目尻に涙を浮かべながらも、大輪の花のような笑顔を浮かべた。

「……っ」

目と鼻の先でそんな可愛らしい笑顔を見せられた俺は、

「か、体は大丈夫なのか……？」

少しそっぽを向きながら、質問を投げ掛けた。

「うん。少し血は抜かれたけど、それ以外は本当に何もされてないよ」

「そうか、無事でよかった……」

そうして俺とリアが話し込んでいると、

「……リア。気持ちはわかるが、少しベタベタし過ぎだぞ？」

額に青筋を浮かべたローズが、貧乏ゆすりをしながら低い声で唸る。

「……あっ。ご、ごめんね、アレン……。嬉しくなっちゃってつい……っ」

「あ、あぁ……気にしないでくれ……っ」

そうして俺とリアがゆっくり離れたそのとき、

「――ほう、これは大収穫だな」

霊晶丸と思われる青白い丸薬を手に取った先生が、ニヤリと笑みを浮かべた。

「大収穫、ですか……？」

「うむ。私の知る限り、組織の研究所を押さえられたのは、これが世界初だ。とんでもない大手柄だぞ、アレン！」

彼女はそう言って、俺の背中をバシンと叩く。

「先生にローズ、それからリゼさんの力があったからですよ」

「……君は相変わらず謙虚だな。私とは正反対だ」

先生はひとしきりククと笑った後、パンと手を打った。

「さて。時間も時間だし、君たちはそろそろ帰った方がいい」

「先生はどうするんですか？」

「私はこいつらを拘束し、聖騎士の詰め所にぶち込んで、それから現場検証に付き合って……と、まだまだやることが山積みだ」

彼女は肩を竦め、話を続けた。

「本音を言えば、君たちの手も借りたいところなのだが……。さすがにこれは『五学院の理事長』の仕事だからな……。職務を生徒に押し付けるわけにはいかん」

どうやらここから先は、俺たちが手伝えることじゃなさそうだ。

「本当にお疲れ様です。それじゃ、俺たちはここで」

「先生、ありがとうございました！」

「失礼します」

そうして俺とリアとローズがこの場を去ろうとしたその瞬間――何者かが凄まじい速度で螺旋階段を駆け降りる音が聞こえた。

「だ、誰だ!?」

俺は消耗の激しいリアとローズの前に立ち、すぐさま剣を抜き放つ。すると、

「ぜひゅぜひゅ……。じゅ、十八号……。ただいま戻りました……っ！」

額に大粒の汗を浮かべ、肩で大きく息をする十八号さんが現れた。

「じゅ、十八号さん!?」

彼は確か国境警備のために、出払っていると聞いていたけれど……。

「遅い！　どこで道草を食っていたんだ！」

「も、申し訳ございません……レイア様……っ。連絡を受けた後、即座に全速力で駆け出したのですが……。さすがに、かなりの時間がかかりました……っ」

彼は息も絶え絶えになりながら、そう説明した。

「全く、仕方のない奴め……。――ほら、次の仕事だ。念のため、アレンたちを千刃学院まで護衛してくれ。特にローズの消耗が激しいから、気に掛けてやってくれ」

「か、かしこまり……ました……っ」

ローズよりも十八号さんの方が、激しく消耗しているように見えるのだが……。

「さ、さぁ、みなさん……！　私が来たからには……お、大船に乗ったつもりで、ゴホゴホ……っ。い、行きましょう……！」

俺たちは十八号さんを先頭にして、螺旋階段を上っていく。

「──っと、そうだ！　明日は通常通り授業があるから、三人とも寝坊しないようにな！」

レイア先生は最後に先生らしいことを言い、ニッコリと笑って手を振った。

■

研究所から遥か北方に位置する森の中。

「……おいこら、ウスノロ。てめぇ、生きてんのか？」

無傷のトールが、満身創痍となったザクへ声を掛けた。

「なんとか、な……。しかし、参った……指一本として動かん……っ」

彼はそう言って、力なく首を横へ振る。

「なっさけねぇなぁおい……。御自慢の〈不知火の鎧〉はどうしたんだ？」

「ざ、ざはは……っ。アレがなければ、肉片すらも残らなかっただろうな……」

黒い冥轟に呑まれた彼は、自身の誇る絶対防御──〈不知火の鎧〉を展開することで、なんとか一命を取り留めたのだ。

「いや、しかし……。本当にとんでもないキラキラだったぞ……！　アレでまだ未完というのだから底が知れん……っ」

ザクは瞳に焼き付けた漆黒の闇を反芻しながら、興奮気味にそう熱弁した。

「ふーん、アレン＝ロードルねぇ……。そこまでの大器なら、どっかで一つ媚でも売っとくかぁ……？」

ザクの審美眼をそれなりに信用しているトールは、少し真剣にアレンへ取り入る方法を考え始めていた。

「ざはは、それもありやもしれんなぁ……。っと、そういえば――そっちはどうだったんだ。黒拳には勝てたのか？」

「はぁ、無理に決まってんだろ？　そもそも『超越者』様に勝とうってのが、どだい無理な話なんだよ。尻尾巻いて、速攻逃げて来たぜ」

トールはなんの臆面もなく、堂々とそう言ってのけた。

彼女からすれば黒拳レイア＝ラスノートとの戦闘は、自分が生きてさえいればそれでよかった。

そもそも勝てるわけがない。そういう風にきっぱりと割り切っているのだ。

「ふむ、黒拳を相手に逃げおおせたとなると……例のアレか？」

「おぅ、『レイアのコピー』と『あたしのコピー』をぶつけて来たぜ。魂装が『一本だけ』って思い込みは、危険だよなぁ？」

トールはそう言って、二本の短剣を取り出した。

〈模倣芸術〉は、世にも珍しい二本で一つの魂装。

これを知っているのは、数年来のコンビであるザクだけだ。

「全くお前は……。相変わらず、姑息な手を使いよるなぁ……」

「なんとでも言え、あたしの信条は『生きるが勝ち』なんだよ」

そうして情報の共有を済ませたところで、

「さてと……とりあえず本国へ帰るぞ」

「あぁ、そうだな」

トールはその小さな体でザクを背負い、夜闇に紛れて消えていったのだった。

「――くっそ重いぞ、こら！　痩せろ、今この場で！」

「ざ、ざはは……。無茶を言ってくれるな……っ」

■

無事に寮へ帰った俺とリアは、かなり遅めの晩ごはんをとることにした。

よほどお腹が空いていたのだろう。この日のリアは本当によく食べた。

「そんなに食べて太らないか……？」と心配に思ったが……。体重のことを女性に聞くのはデリカシーに欠けるので、グッと呑み込む。

まぁなんにせよ。大量の食材を詰め込んだ冷蔵庫が、たった一度の食事ですっからかんになる光景は壮絶の一言だった。

その後、先にお風呂を済ませたリアは、上機嫌に鼻歌を奏でながら髪をとかす。

「ふーんふふーん、ふふーん……」

ツインテールを解いて髪を下ろした彼女は、なんというか……とても魅力的だ。

多少見慣れてきたとはいえ、普段とのギャップの大きさに今でも少しだけ胸が高鳴ってしまう。

「そ、それじゃ、俺もお風呂をいただくよ」

「あっ、うん。ゆっくりと疲れを落としてね」

「あぁ、ありがとう」

そうしてお風呂から上がった俺が寝支度を整え終わる頃には、もう深夜の二時を回っていた。

「――それじゃ、電気消すぞ？」

「うん、お願い」

照明を落とし、リアと同じベッドに入った。

ほどよい弾力のマットが優しく体を支え、温かい掛布団が全身を包み込む。

体の力が抜けていき、それと同時に今日一日の疲れも解けていくようだった。

「おやすみ、リア」

「おやすみなさい、アレン」

そうして俺たちは、静かに眠りについた。

それから十分ほどが経過した頃。

「……ねぇ、アレン。……まだ、起きてる？」

リアのかぼそい声が、静かな部屋に響いた。

「あぁ、起きてるよ」

「そっか……」

「どうかしたのか？」

「うん……なんだか、ちょっと落ち着かないの」

彼女は不安げな、力のない声を漏らす。

黒の組織に拉致され、一日中あの不気味な研究所に監禁されていたんだ。無理のない話だろう。

「そうだな、何か楽しい話でもしようか？　それとも、温かいお茶でもいれようか？」

パッと思いついた気持ちが落ち着く案を口にすれば、

「その、もしよかったらなんだけど……」

リアにしては珍しく、もごもごと言い淀んだ。

「……？　なんでもいいぞ、言ってくれ」

できるだけ優しく声を掛けると、彼女は意を決したように口を開く。

「そ、その……。手、握ってもいい……？」

「あ、あぁ、もちろん構わないぞ」

予想外の要求に少し驚いたけれど、これがリアの望みというのなら断る理由はない。

俺はなんとも言えない緊張感を覚えながら、ゆっくりと右手を伸ばす。

「あ、ありがと……っ」

彼女の柔らかくて小さい手が、そっと覆いかぶさってきた。

それは決して恋人同士がするような指を絡めたものじゃない。本当にただお互いの手を重ね合わせただけの、ごくごく平凡でプレーンな手のつなぎ方だ。

それだというのに……俺の心臓はドクンドクンとまるで戦闘時のような高鳴りを見せた。

「……っ」

「……」

その後、二人の間に沈黙が流れた。

一分二分三分。いや、もう五分ぐらいは経過しただろうか？

唾を飲む音が異様に大きく聞こえ、手がじんわりと汗ばんできた。

「ど、どうだ……少しは落ち着いてきたか？」

緊張していない風を装い、ジッと天井を見つめながら声を掛けた。

しかし、一向に返事はなかった。

「り、リア……？」

不安に思い、チラリと横へ目を向ければ——彼女は気持ちよさそうに眠っていた。

柔らかい掛布団は規則的に上下し、耳を澄ませると可愛らしい寝息が聞こえてくる。

その安心しきった寝顔は、まさに天使のようだった。

「ふぅー……」

異様な緊張感から解放された俺は、大きく息を吐き出す。

「今日はいろいろと大変だったもんな……」

眠り姫にそう声を掛けてから、彼女と向き合うような形で目を閉じる。

「――おやすみ、リア」

そうして俺は、日に日に近付いていく二人の距離にドキドキしながら、彼女と一緒に深い眠りについたのだった。

あとがき

読者のみなさま、『一億年ボタン』の第三巻をお買い上げいただき、ありがとうございます。作者の月島秀一です。

早速ですが、今回はとてつもなく大きなご報告がございます。

こちらの一億年ボタンシリーズ、重版連発＆売上絶好調につき……六月に出る『第四巻』では、『ドラマＣＤ付き特装版』の発売が決まりました！

アレン・リア・ローズに声が付きます！　花江夏樹さん・竹達彩奈さん・雨宮天さんたち超豪華声優のみなさまが、魂を吹き込んでくださります！

内容はもちろん新規書き下ろし！　現在鋭意制作中ですので、もう少々お待ちいただければと思います！

さらにさらに――二月末には『ヤングエースＵＰ』上で、『漫画版の一億年ボタン』が連載開始！　漫画版を描いていただけるのは、士土幽太郎先生。躍動感のある戦闘シーン・表情豊かなキャラクター、とにかくキャラクターが活き活きとして『動く』んですよ！

これ以上ないほどの仕上がり具合となっておりますので、どうか漫画版もぜひ一度見てみてください！　公開後はパソコンやスマートフォンでヤングエースＵＰのサイトに飛べば、無料で読むことができます！

　さてそれではそろそろ、第三巻の内容に軽く触れていきたいと思います。『あとがきから読む派』の方は、この先ネタバレがありますのでご注意ください。

　第三巻では、アレンの戦闘が盛りだくさんでした。ヴェステリア王国ではクロードと一年戦争ではリアとローズ、組織の研究所ではザク＝ボンバール。熱い戦いが大好きな私的には、とても楽しく書き進めることができました。読者のみなさまにおかれましては、少しでも楽しんでいただけたなら幸いです。

　そして第四巻では『闇と剣王祭編』などなど、第三巻よりもさらに濃密なお話が収録される予定です！

　以下、謝辞に移らせていただきます。

　イラストレーターのもきゅ様・担当編集者様・校正者様、そして本書の制作に力を貸していただいた関係者のみなさま――ありがとうございます。

　そして何より、『一億年ボタン』第三巻を手に取っていただいた読者のみなさま――本当にありがとうございます。

　それではまた四か月後、六月二十日発売の第四巻でお会いしましょう。

月島　秀一

お便りはこちらまで

〒一〇二－八〇七八
ファンタジア文庫編集部気付
月島秀一（様）宛
もきゅ（様）宛

富士見ファンタジア文庫

一億年ボタンを連打した俺は、気付いたら最強になっていた3
～落第剣士の学院無双～

令和2年2月20日　初版発行

著者――月島秀一

発行者――三坂泰二

発　行――株式会社KADOKAWA
〒102-8177
東京都千代田区富士見2-13-3
0570-002-301（ナビダイヤル）

印刷所――暁印刷

製本所――BBC

※定価はカバーに表示してあります。
●お問い合わせ
https://www.kadokawa.co.jp/（「お問い合わせ」へお進みください）
※内容によっては、お答えできない場合があります。
※サポートは日本国内のみとさせていただきます。
※Japanese text only

ISBN978-4-04-073587-0 C0193

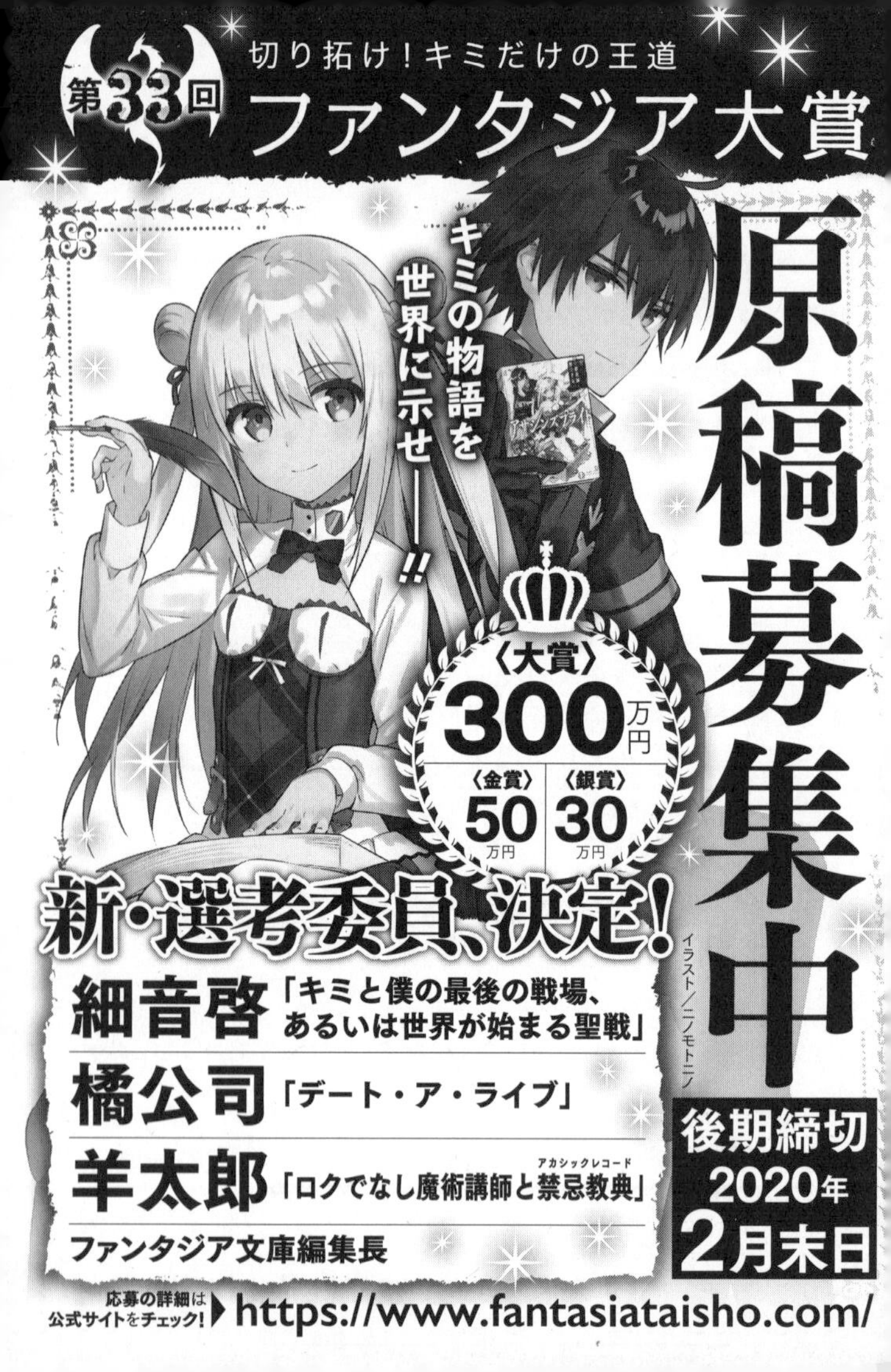

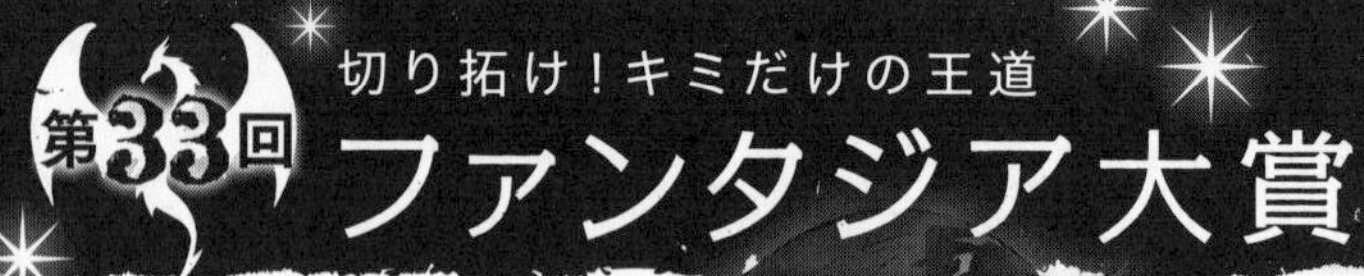
第33回
切り拓け！キミだけの王道
ファンタジア大賞